どこかで
ちょっとずつ
傷ついてる
やさしいみんなへ

著者 ほうじ茶　イラスト 植田たてり

KADOKAWA

泣きながら眠ったことのある人、
泣くの我慢しながら眠ったことのある人、
泣いてたら朝になってたことのある人、
全員にちょっと良いこと起こってほしい。

ラブポーションサーティーワンのチョコの部分沢山入ってたり、
好きな飲み物が1本買うと1本引き換えられるやつになったり、

白い大きなもふもふの犬と目が合ったり、
青信号ばかりだったり、
新しい靴を下ろすときには晴れたり、
好きな香水を見つけられたり、
知らない人に親切にされたり、
買った果物が甘かったり……
それぞれにちょっと良いこと起こってほしい。

Prologue

日々、生きているだけでいろいろなことがあると思う。
世界はもちろん優しい人だけではないし、綺麗事ばかりではやっていけないし、どうしたって分かり合えない人もいる。

避けようのない悲しい出来事やどうすることもできない不条理な出来事、もう全て嫌になってしまうほど辛い出来事が起こってしまうことだってある。
その出来事の大きさや、悲しみの深さ、程度や頻度は人によって違うと思うけれど、きっとみんな何かしら抱えながら生きている。

それでも、まるで何事もなかったかのように笑って、ご飯を食べて働いて生活をして、頑張って傷を隠している方も多いんじゃないかな……。できた傷に気づかないように見て見ぬふりしている方も多いんじゃないかな……。自分を傷つけることでしか自分を守れない方も多いんじゃないかな……。

だから、優しい人にはちょっとばかり生きづらい世界なんじゃないかなと思うこともある。

優しさから周りを優先してしまうことがあったり、しなくていい思いをしたり、自分の気持ちに蓋《ふた》をしてしまったり、いろいろなことに気づきたくないのに気づいてしまったり、他の人よりも傷つくことが多いかもしれない。

「なんでこんな思いしなきゃいけないんだろう」
「もっと自分のことだけ考えられたらよかった」

そんな風に思ってしまうことだってあるかもしれない。
でも私は、そんな優しいあなたのことが好きです。

そんなあなただから好きです。

本の不思議なところは、ただ紙に文字が並んでいるだけなのに、まるで誰かと話をしているような感覚になったり、隣にそっと寄り添ってくれているような気がしたり、心がじんわり温かくなったりすることだと思う。
嫌なことがあっても本を開けば、ここではないどこかへ行けた。本を読んでいる間だけは忘れられた。逃避かもしれないけれど、私にとっては救いだった。

この本を手に取ってくれたあなたが、不安で眠れない夜を過ごしている時、世界の全員が敵に見えてしまう時、プレッシャーに押しつぶされてしまいそうな時、誰にも言えない秘密を誰にも言えずに悩んでいる時、どこにも自分の居場所はないんじゃないかと思った時、大丈夫じゃないのに「大丈夫」と言ってしまった時、もうどうしようもなく辛くて今にも泣きそうになった時、自分を傷つけることでしか自分を守れない時、頑張りすぎて自分自身のことがよく分からなくなってしまった時、世界から消えたくなってしまった時……。

会ったことも話したこともないけれど、学校での休み時間の数分、電車の中で目的地に着くまでの数十分、夜が朝になるまでの数時間、一緒に寄り添わせてほしい。

きっと優しいあなたにとって、この本が心の傷に貼る絆創膏や土砂降りの日の傘、小さい頃から使っているお気に入りのタオルケットや大事な日にポケットに忍ばす小さなぬいぐるみ、ほっと一息つきたい時に飲む温かいほうじ茶や眠れない夜に飲む甘い甘いココア、そんな存在になれたら嬉しい。

Contents

第3章　友達・家族という存在

第4章

愛というものについて

第1章

日常のなかにあること

眠れない夜も目を瞑《つむ》ってれば、
いずれ必ず朝になるから大丈夫。

大人になってから、夜が来るのが怖いと思うようになった。眠れない自分を責めるようになった。そんな夜は、〈いつか行きたいな〉〈あったらいいのにな〉と思う場所をポワポワと空想しながら過ごしている。

夜、自分の家なのにどこかに帰りたくなる人だけが行ける紅茶屋さんがあったらいいのに……。

何も話していないのにそれぞれの気持ちに寄り添うような紅茶を出してくれて、

テーブルに置かれている砂糖の瓶には色とりどりの金平糖が入っている。夜空みたいな色の砂時計がサラサラと落ちるのをじっと眺めて過ごす。

紅茶を頼むと必ず「今日はどれにしますか？」とおまけのクッキーを大きな缶から2枚選ばせてくれて、迷っていると「今日は、きっといろいろ頑張ったから3枚選んでもいいですよ！」と甘やかしてくれる。それ以上の会話なんていらなくて、夜から逃げる私にそっと寄り添って、ただそこにいてくれる。そんな場所ないかな。

夜、消えたくなって涙がポロポロ溢れてしまう人だけが行けるパフェ専門店もあったらいいのに……。

果物をふんだんに使った〈ご褒美パフェ〉、定番の〈チョコレートバナナパフェ〉、少しだけ罪悪感が減るカロリー低めの〈きっと大丈夫パフェ〉、アレルギーの方でも食べられる〈あなたのパフェ〉、たくさんは食べられないけれどちょっと食べたい人のための〈ミニパフェ〉、プリンがそのままのっている〈プリンパフェ〉、失恋してやけ食いしたい人のための〈次こそは絶対幸せになってやるパフェ〉、何もかも全て嫌になった人のための〈もう全部やだパフェ〉、何回通ってもコンプリートできないくらいたくさんの種類がある。

長くて細いパフェ用のスプーンには小さな可愛いリボンと、〈ご自由にお持ち帰りください〉の札が一緒についている。私はきっと毎回それを持ち帰って、本の栞にするだろう。

会計の時には、さくらんぼのスタンプを押してくれて、全部貯まったらもう泣かなくてすむように、いいことばかり起こる魔法をかけてくれる。そんな場所ないかな。

時には、自分で作りたい場所を考えてみることもある。

私は、夜眠れない人だけが行ける図書館カフェを作りたい。本の貸出しをしながら、アルファベットのパスタが入っている日替わりスープや、生クリームもりもりのココアを出したい。そして、お客さんたちと次の日には忘れてしまうような、そんな話を朝になるまでしていたい。

深緑色のエプロンをつけたいし、スタンプカードも作りたい。全部集まったらオリジナルのブックカバーをあだ名入りでプレゼントしたい。本名や職業の話は無理にしなくて大丈夫で、最近ハマっているコンビニスイーツとか、シマウマのシマの数とかについて話したい。レトロなランプが目印で、店先の黒板には、その日のスープが何かを描きたい。

＊＊＊

そんな夢みたいな空想が現実になることは、きっとない。
世界が優しくないことも、わかってはいる。
わかってはいるけれど、そんな空想をすることで救われる夜もある。
早く夜を味方だと思えるようになりたいし、夜が来ても大丈夫になりたい。

眠れない自分を許してあげられるようになりたい。

でも、そもそも〈夜は眠るもの〉だと勝手に決めたのは人間なわけで、キリンは20分しか眠らないらしいし、コアラは22時間眠るらしい……眠らなすぎるし、眠りすぎだと思う。

だからきっと、人間だって無理に寝ようとしなくても大丈夫だ。

そして、これは私の祖母が言ってくれた言葉なのだけれど、「目を瞑《つむ》ってれば、いずれ必ず朝になるから大丈夫」。

とても当たり前だけど、なんだかとても安心するので、大人になった今でも思い出している。いずれ朝は来るのだ。

世の中に〈絶対〉なんて言いきれるものは本当に、本当に少ないと思う。でも夜が朝になるのは、数少ない〈絶対〉だ。

もし、私が大金持ちになれたら、きっと、絶対、図書館カフェを開くから首をなが〜くして待っていてくれたら嬉しい。それまでに日替わりスープを7種作れるようにしておくね。おやすみなさい。

考えてくれた人

日々の生活なんて〈楽しい〉や〈嬉しい〉よりも、〈辛い〉〈しんどい〉〈悲しい〉の方が圧倒的に多いのかもしれない。
できればポジティブな形容詞ばかりの生活をしたいけれど、年を重ねるたびにネガティブな形容詞が増えていく気もする。

そんな日々が、少しだけほぐれる瞬間がある。

ＬＩＮＥの背景にひらひらと桜が降る仕様、誕生日にTwitterを開くとどこかへ飛んでいってくれる風船、ピノに入っている星、ピュレグミの袋の底に書かれた

〈きっとうまくいくよ〉のメッセージ、チョコボールの金や銀のエンゼル、紙パックを畳んだ時に見える〈たたんでくれてありがとう〉のメッセージ、ラーメンのスープを飲み干した時に現れる器の絵柄など、とても好きだ。

きっとなくても困らないけれど、そこに「あって」くれる。

どこかの誰かが考えて、その企画や仕様が通るよう試行錯誤や度重なる会議があったのだと思うと、ただひたすらにありがたくて愛おしい。

たとえば、ウサギの形のリンゴも、お花の形のにんじんも、タコさんウインナーも、最初に生み出してくれた人がいる。お会いしたことも話したこともないけれど、多分きっと優しい人だと思う。

誰かを喜ばせるために何かを考えられる人は、もれなく優しい。

日々、広告のお仕事をしているといろいろなことを感じる。

ポスターの色の濃さや、ホームページのイラストの位置、テキストの言い回し、コピーのたった一文字の違い。学生の頃の私なら〈そんな小さなこと、誰も気にしないんじゃないかな……?〉などと思ってしまっただろう……。

でも、何人もの大人が何度も何度も話し合って、やっとの思いで決めている。

たくさんの労力とたくさんの時間をかけて作られている。


CMや、電車の中のポスター、ビルの看板といった広告物に限らず、きっと普段何気なく使ったり、食べたり、見たりしているものも。


たとえば、学校で配られるプリント、歯磨き粉やシャンプー、あらゆる食材、お弁当やケーキ、カーテンやソファなどのインテリア、雑誌や本や漫画、ポイントカード、500円玉、ビルや橋、SNSなどのアプリ。

あまりにも多すぎて書ききれないけれど、目に入るもの全てを誰かが生み出して、誰かが作って、誰かが届けてくれている。

携わった人全員の名前が載っている映画のエンドロールなんかとても好きだし、直売所で売られている顔写真が入ったお野菜もとても好きだ。

いろいろな人がいろいろなところでいろいろなことを頑張っている。頑張ってくれている。

きっとどんなお仕事も、気づけないだけで見えないだけでわからないだけで知らないだけで、誰かの楽しみや心の支えや救いになっているのだと思う。

そんな風に思えたら、気づけたら、きっと世界は少しだけ優しくなる。

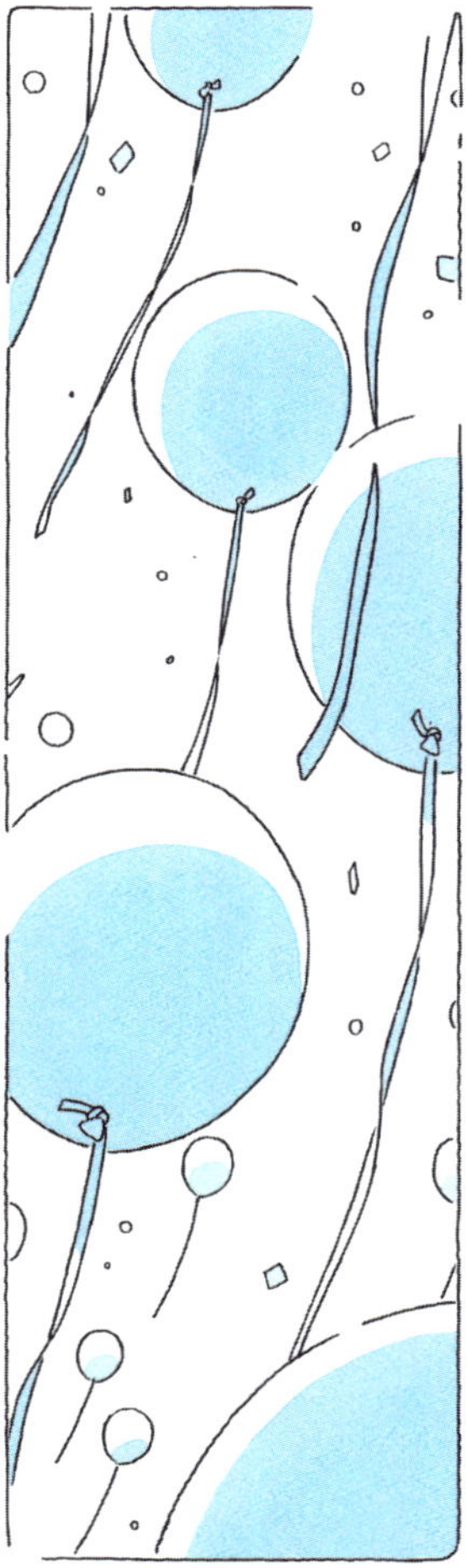

クラゲはいいなと思ったけれど…

私の住んでいる街には、割とたくさんの川や橋がある。

散歩しながら、ゆらゆらきらきらと揺れる水面をぼーっと眺める時間がたまらなく好きだったりする。あまり綺麗な色ではないし、ゴミやよくわからない油のようなものも浮いている。たまにカモたちが優雅に泳いでいて、それはとても可愛い。

いつものように特に目的もなくふらふらと歩きながら川を見ていたら、いつもは見かけない生物を見つけた。

白くて透明なそれは、間違いなくクラゲだった。

海にいるはずのクラゲが、間違えて川の方まで来てしまったらしい。〈そっちに行ってはだめだ！　そっちに行けばさらに淡水になってしまう！　引き返せ今ならまだ間に合う！〉と心の中で必死に伝えたが、その場から動く様子はなかった。

そんなクラゲを見ながら、〈クラゲには脳がないから悩んだりすることもないし、ぷかぷかと泳いでいるだけで税金も奨学金も払わずに過ごせて良いなあ……〉と羨ましく思ってしまった。

クラゲにはクラゲの大変さがあるかもしれないのに……今、生死を分ける選択の真っただ中だというのに……。

もし、何事も悩まない性格だったらきっと、もっと、生きやすかったのだろうな……と思ってしまうことが多々ある。

仕事で送るメールや、友達に送るＬＩＮＥにも時間がかかってしまう。

〈「返信不要です。」ってちょっと冷たい感じがするかもしれない……どうしたらもっと柔らかく伝えられるのだろう……〉

〈♡の絵文字に花束の絵文字をつけたらより感謝を伝えられるかもしれない……いや、土下座の絵文字の方がいいか……〉

〈！の数ちょっと少ないかも……二つくらい足しとこ……〉

などと悩んでは、打っては消して打っては消してを繰り返す。きっとそこまで悩む必要はないのに、それよりも早く返せる方が大事な場面もきっとあるのに、悩んでしまう。

夜寝る前に、よく一人反省会も開催してしまう。〈あの時の発言、間違えたかもしれない……もしかしたらすごく嫌な気持ちにさせてしまったかもしれない……どうしよう……〉などとぐるぐる悩んでは眠れなくなる。言ってしまったことはもう仕方がないのに、時間はどうしたって戻らないのに、悩んでしまう。

SNSをしていても毎回投稿する時に、何度も読み返しては〈これで大丈夫だろうか……誰かを悲しませたり嫌な気持ちにさせたりしないだろうか……〉と自問自答を繰り返す。

そうして投稿できなかったTwitterの下書きは289個ある。誰に対しても完璧であろうとするなんて難しいのに、全てを掬《すく》い上げることなんてできないのに、悩んでしまう。

もしクラゲだったら、こんなこと悩まずにぷかぷか自由に泳いでいればいいのかな……。

でも、『ONE PIECE』を読んだ時の胸の高鳴り、サクレのマンゴー味の美味しさ、どこかの家からするカレーの匂い、なんでもない日に花をプレゼントしてもらえる嬉しさ、ガチャガチャを回すドキドキ、日曜日の夜にちょっと憂鬱な気持ちで観る『ちびまる子ちゃん』の穏やかさ、二日酔いの日に飲む味噌汁、冬の澄んだ空気を肺いっぱいに吸い込むこと、これら全部人間じゃなきゃわからないんだよなあ、できないんだよなあ。それなら人間でいたいなあ……と思ったりもする。

人間だから、生きているから、私たちは毎日泣いたり笑ったり悩んだり絶望したり怒ったり楽しんだりできる。

そして、悩んでしまう人間だからこそ、気づけることや共感できることがたくさんあって、誰かの痛みや弱さをわかろうとすることができるのだと思う。

＊＊＊

「来世生まれ変わるならどうする？　何になりたい？」と友達に聞かれた。

正直もう何にも生まれ変わりたくない。でももし、絶対に何かに生まれ変わらなければいけないのなら、私はきっと人間になりたいと言う。

あのクラゲがどうなったのか、結局見届けないまま家に帰ってしまったけれど、今もどこかでぷかぷかと泳いでいたらいいな……

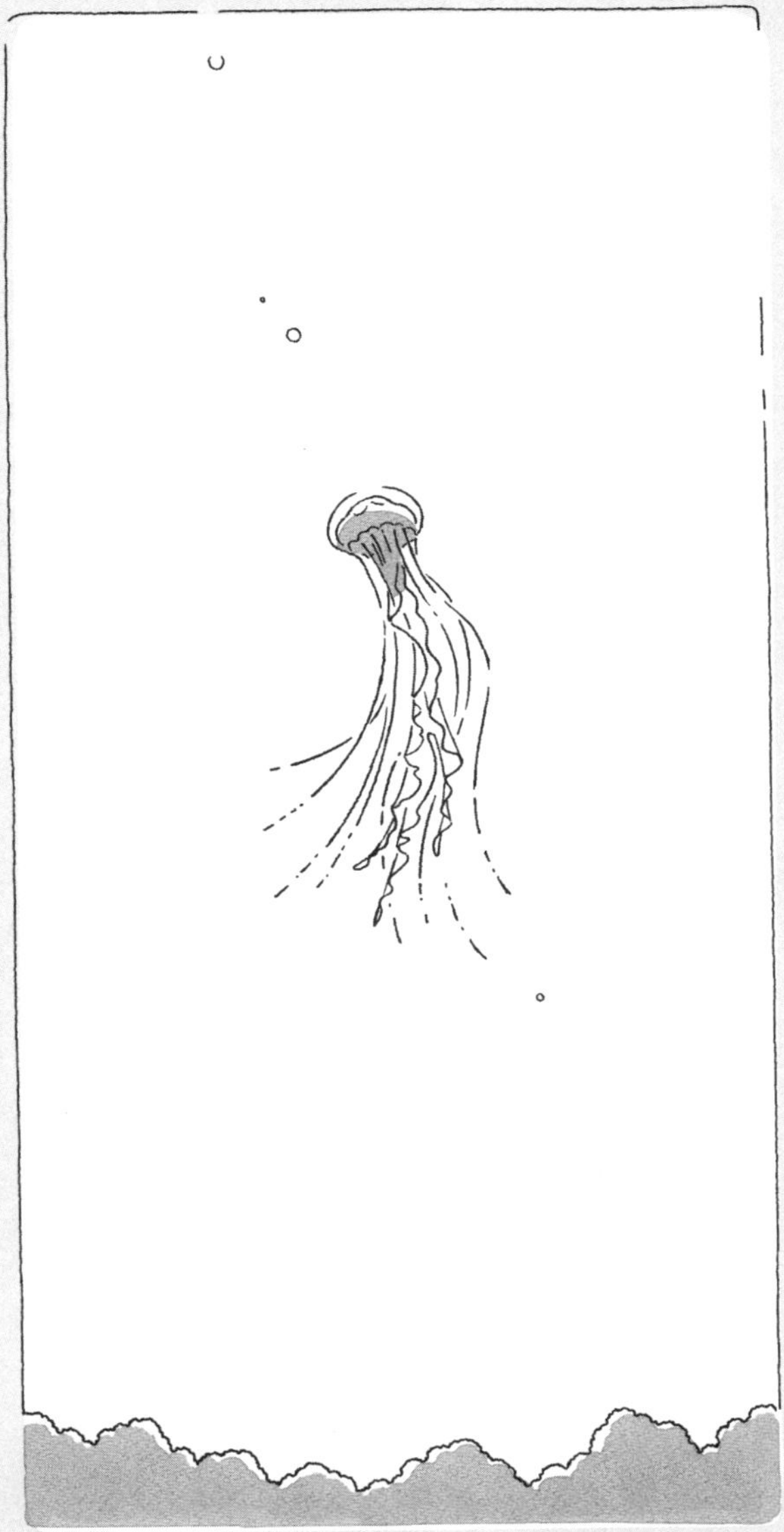

小さな絶望や試練を乗り越えて、私は少しずつ強くなっていると思う。

一人暮らしを始めて、6年目になる。部屋の狭さにもお風呂の蛇口の硬さにも、もうだいぶ慣れた。

一人暮らしは、好きな時間にお風呂に入って好きな時間に寝て好きなものを食べて、好きに生きられるので自由で楽で好きだけれど、時々ふっとこのまま消えてしまうのではないか……という不安と孤独にも襲われる。

体調を崩した時、大きめの虫が出た時、お風呂に入っている際にピンポンが聞こえた時、網戸が外れた時、電球の交換をする時、大きめの家具を組み立てる時、いつも〈え、しんど……〉という気持ちになる。

常に〈もし今この部屋で倒れても、誰も気づいてくれないのか……〉という漠然とした恐怖も抱えて過ごしている。

新卒1年目の4月、まだ部屋に家具が揃えられていなかった。まるで『どうぶつの森』の初期の家みたいだった。

慣れない環境で必死に笑顔を作りながら、誰にも心配かけないよう、精いっぱい大丈夫なふりをしていた。ご飯を作る余裕なんてなくて、買いに行く気力さえなかった。テーブルのない部屋で、床に座りながら、いつ買ったかわからない銀色の紙に包まれたチョコレートを食べて生活をしていた。

海外のチョコレートの甘ったるい味が疲れた身体にとてもよく沁みた。

給湯器の調子が悪くてお湯が出なくなった時、鍋とティファールのケトルで少しずつ少しずつお湯を沸かしながらチョロチョロと髪を洗った。切なくて、虚しくて、全然流し足りなくて、この世の全てを呪いそうになりながら全裸でポロポロと泣いた。後から考えてみたら、どう考えても近くの銭湯に行くか、そもそもお風呂に入るという選択をしなければよかったのに……。

40度の熱が3日ほど続き、ついに4日目に体温計がエラーになった時は〈これはもうダメかも〉と心の底から思った。

救急車を呼ぶというのは、非常に勇気がいる。こんなことで呼んでいいものなのか……という抵抗もあった。

会社の上司に電話で相談すると、「恥ずかしがってても仕方ない！　死ぬくらいならどんな恥でも晒してしまえ！」と言われた。ようやく決心がつき、人生で初めて自分の手で119を押した。

救急車は本当にすぐに来た。当たり前のことなのかもしれないがとても感動した。救急隊員の方が三人家に入り、私と、私のコートや鞄、家の鍵を持ってくれた。

担架で運ばれている時に見えた空は、今まで私が見たどの空よりも青かったと思う。空を見ながら〈部屋、綺麗にしておけばよかったな……足の指の毛ちゃんと剃っておけばよかったな……〉などと、しなくていい後悔もした。

どれだけ悲しいことがあろうが、どれだけ大変なことがあろうが、生活は止まることなく続いていく。

そんな日々の中で、自分の機嫌の取り方を、自分が好きだと思えることを、一つでも増やしていくことが大切なのだと思う。

金曜ロードショーで『魔女の宅急便』が放送される時には、ピザを頼んでコーラを買って部屋を暗くしながら観るし、お風呂に入りたくない日は、小さなおまけが出てくるバスボールを百均で買ってお風呂に入る楽しみを無理矢理作る。それでも入れなかったら次の日に、本や漫画を読みながら1時間半くらいお湯に浸かる。指はもちろんしわくちゃになる。

なんだか全てが嫌になった日はケーキを買って帰るし、ココアの美味しい作り方を知れたので徹夜だってできる。ちょっとお値段の張る瓶のリンゴジュースを冷蔵庫に入れておくと少し心が安定するとわかったし、消えてしまいそうな夜はお気に入りの青い橋で川の水面を見つめるとほんのり心が軽くなる。

どのスーパーが鮮度が良くて安いのかも、路地裏にある優しいマスターがいる喫茶店のことも、デニーズがあまり混んでいない時間帯も、私が日々生きて、この街に住んで、自分の足で歩いて知れたことだ。

小さな小さな絶望や試練を乗り越えて、きっと私は少しずつ強くなっていると思う。

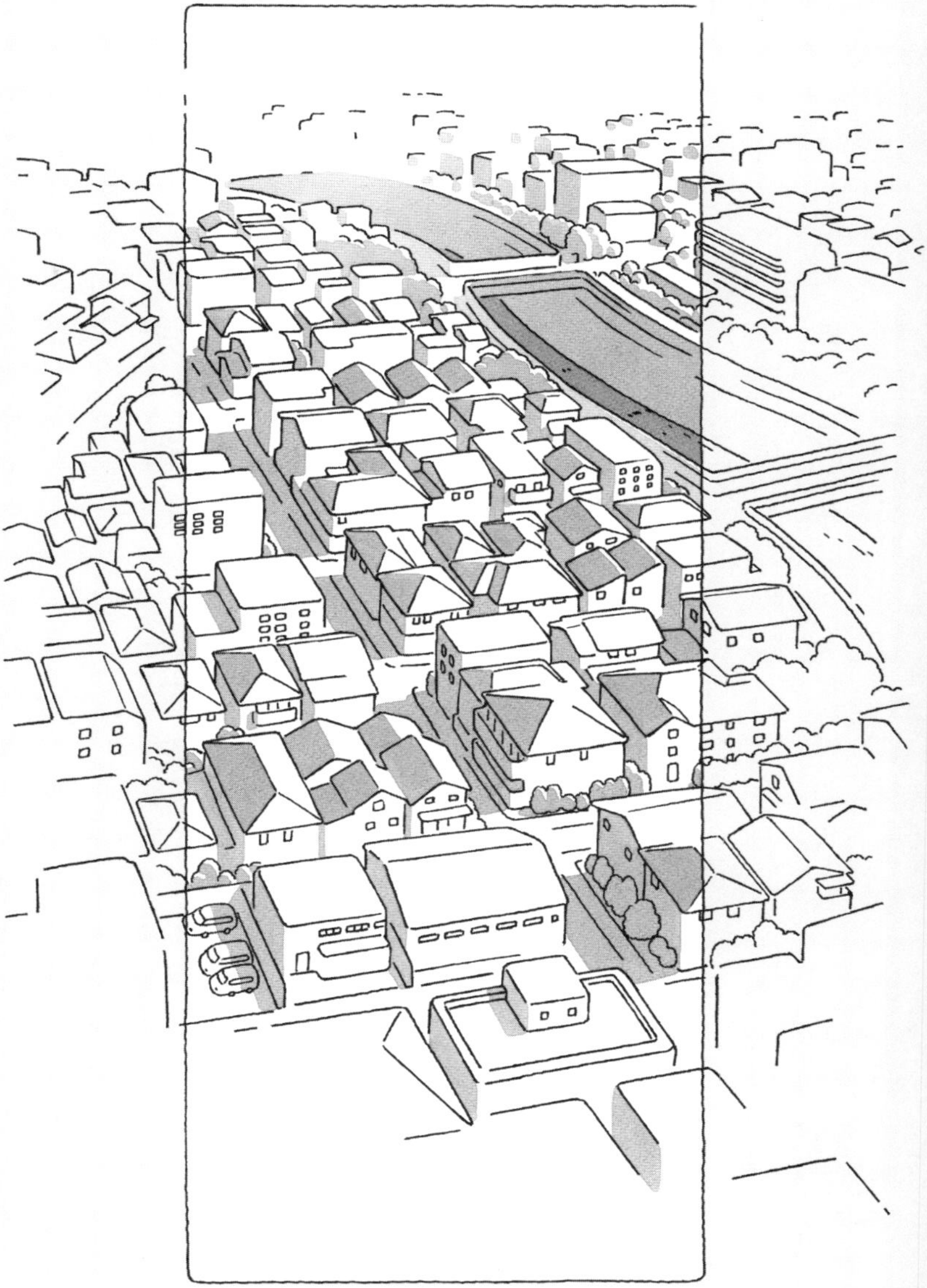

私が好きなことは、私が一番知っている

私には私だけの、自分ルールがいくつかある。

社会人になってから、毎年誕生日は仕事終わりに有楽町の駅前の本屋さんで好きな本を3000円分買っている。いつもは文庫本を選んでしまいがちだけど、その日だけは大判の漫画でも、新刊の小説でも、なんでも買っていいことにしている。

その後、いつもは行けないような回らないお寿司屋さんで、自分の食べたいネタだけを誰に遠慮することもなくお腹いっぱいになるまで食べる。店内に一人で

来ているお客さんは、私以外に見当たらない。みんな誰かと来ているけれど、そんなことは気にしていられない。自分のお金で食べたいものを食べたいだけ食べる、そんな時間がもしかしたら、一番心とお腹が満たされる気がする。

3年前にサーモンアボカドロールを頼んだら、大将が気を利かせて♡の形に並べてくれた。なんだかちょっと嬉しくて、恥ずかしかった。こっそりと写真を撮って、インスタのストーリーに載せた。

会計は毎年5000円以下だ。去年は確か4800円だったと思う。いつかワサビ入りのお寿司を食べられるようになるのが小さな目標だ。

帰りに家から一番近いケーキ屋さんで、一番小さいまあるいケーキを買って、黙々と食べている。初めの頃はろうそくをもらい、チャッカマンで火をつけて吹き消していたけれど、ここ2年はもらわなくなった。

お寿司をたらふく食べると、どうしても途中でお腹がいっぱいになってケーキが食べられなくなる。だから、冷蔵庫に入れて次の日の朝ご飯にしている。冷たいスポンジと、時間が止まって昨日に置き去りにされたみたいな苺と生クリーム、誕生日の次の日のケーキが結構好きだったりする。

誕生日に一人で過ごす自分のことを可哀想とは思わない。強がっているわけでは決してなくて……。

もちろん誰かと過ごす誕生日もきっととっても素敵だけれど、私が好きなことは、私が一番知っている。

たまには自分の好きなことを好きなだけする日を作ってみてもいいんじゃないかな……。

それが私の場合、たまたま誕生日になった。

雨の日は、1000円以内で好きなものを買っていいことにしている。そのルールを作ってから、雨のことを前より好きになれた。低気圧で頭痛になっても、水溜まりに入ってヒールが濡れても、巻いた髪が湿気でぼさぼさになっても、〈まあ、今日は1000円なんでも使っていいしな……〉と思える。
小さい頃、500円まで買える遠足のお菓子を選ぶ時みたいな気持ちになれて、ちょっと、いや結構、楽しい。
駅ナカでパオパオの肉まんとルミネの中の本屋さんで漫画を1冊買ったり、サイゼリヤで好きなものだけ食べたり、ゲーセンでコインゲームをしたりして雨の日を楽しんでいる。

最近は、1000円を何にも使わずに、クッキーが入っていた缶に貯金をしている。「雨の日貯金」が貯まったら、晴れの日にちょっといい傘を買いに出かけようと思っている。ビニール傘以外持ったことがないけれど、ちょっといい傘を買ったらもっと雨のことを好きになれる気がしている。

すしざんまいの前を通る時は、誰にもバレないように「すしざんまい」のポーズをしてみたり、夜散歩する時は、青信号になった方の道を進んでみたり、好きなモデルさんや芸能人の方への誹謗中傷コメントを見つけたら、少しでも〈好き〉

の方が目に入るようにコメントを残してみたり、何かを頑張れた後には「王城」という純喫茶に生オレンジジュースを飲みに行ったり……。

自分ルールは、いつだって変更可能で、無理に守らなくてもいいし、新しく作ってみてもいい。

日々は、きっと自分の工夫と行動次第でちょっとだけ良くなるはずだ。

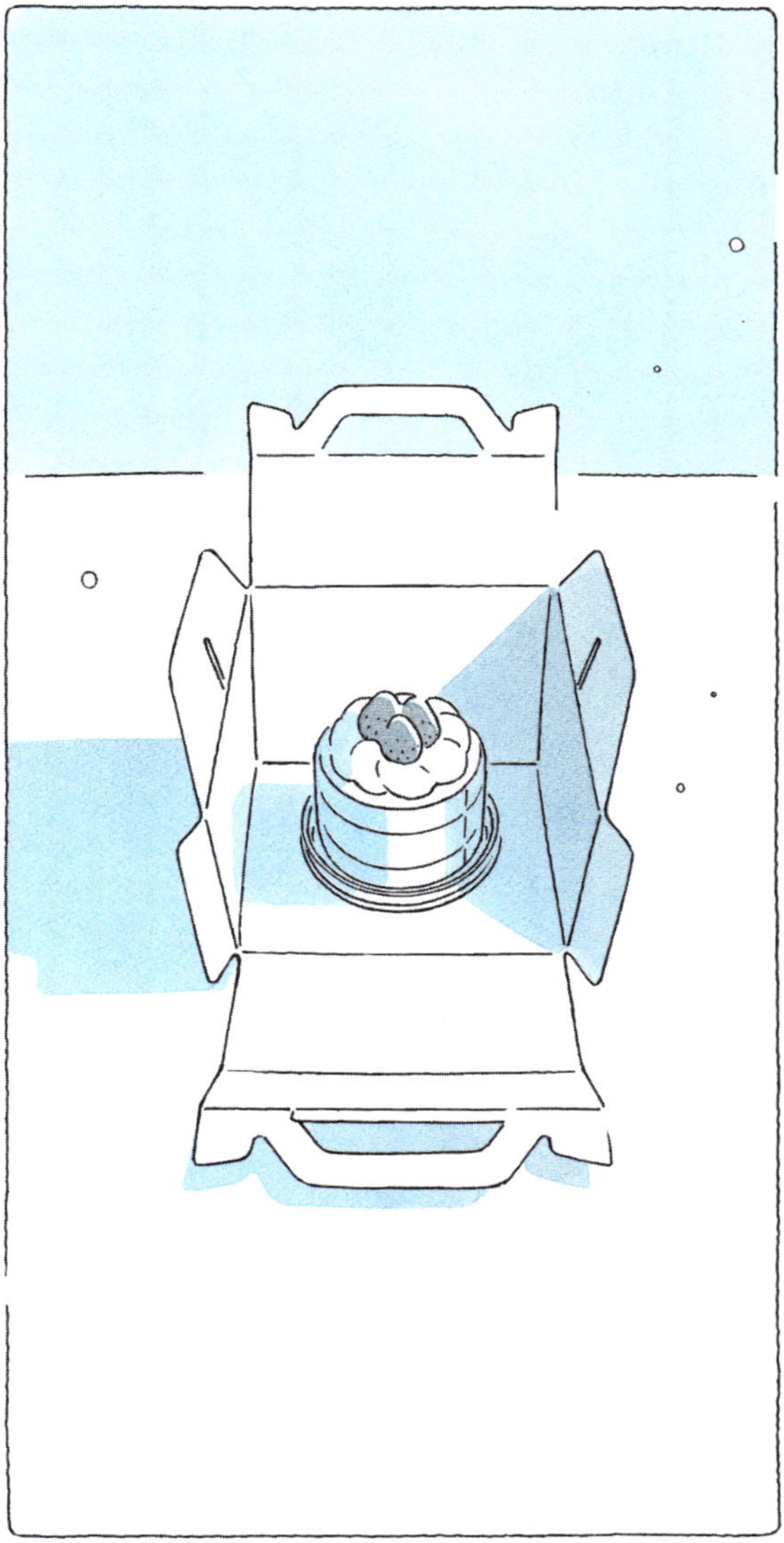

あったらいいのにね

歯医者さんで治療中に痛くても手を挙げられないような、まとめて払った分のお金を友達に忘れられていても言い出せないような、美容院で髪の毛を切られすぎてしまってもその場ではニコニコしてしまうような、そんな人たちが大丈夫じゃない時、「大丈夫じゃない」と言うのは、きっととても難しい……。

大丈夫じゃなくても周りに心配かけまいと「大丈夫です！」と言ってしまったり、大丈夫じゃないことに気づけなかったりしてしまうのかな……と思う。

そんな人たちのためにたとえば〈大丈夫じゃないボタン〉があればいいのにな……。

淡い色で、押しやすい形状で、街のいたるところに設置されていて、持ち運びできるキーホルダーバージョンもあって、押したことが周りの人にバレないような配慮もされている。そして押したらすぐにその人の好きな食べ物や温かい飲み物、入浴剤やホットアイマスクを鞄いっぱいに詰め込んだ職員さんが駆けつけてくれる。否定も肯定もアドバイスもせず、ただ隣で優しく話を聞いてくれる。

そんなボタンがあれば、大丈夫じゃない人の存在にすぐ気づいてあげられるのに……と思う。

もしそんな職員さんのお仕事があったなら、ぜひやりたい。駆けつけた時にすぐ安心感を与えられるよう、胸ポケットに平仮名で書いた名札をつけるし、甘くてキラキラの大粒の飴を常備するし、いつでも涙を拭けるように、ふわふわのハンカチと子ども用には可愛いキャラのハンカチ、綿やシルクのハンカチを何枚も鞄に入れておきたい。

トイレットペーパーやコピー用紙がなくなっていたら次の人のことを思って補

充したり、エレベーターの〈開〉ボタンをずっと押していてくれたり、電車の中で席を譲ったり時にはズレたり、自分以外の誰かのためを思って行動できる人たちは、気づいたせいで損をしてしまうこともあるかもしれない……。

そんな人たちのために、たとえば〈今日もお疲れ様でしたサービス〉があればいいのにな……。

帰宅後に冷蔵庫や冷凍庫を開けると、その人の好きな食べ物（単価は300円くらい）が毎日一つ入っていて、その日に食べてもいいし、何日かとっておいてまとめて食べてもいい。飽きてきたら変更だってできる。

そうしたら、嫌なことがあってもあと少し頑張れるのに……。

もしそんなサービスがあったら、私はきっとシャインマスカットを300円分頼むだろう。300円分だと何粒になるのかはわからないけれどシャインマスカットがいい。季節ものなので、旬じゃない時期はハーゲンダッツ、プリンにゼリー、苺大福にお饅頭、たまには甘いものではなくしょっぱいものがいいな……無印良品のトマト味のポテチとか……。

〈大丈夫じゃないボタン〉や〈今日もお疲れ様でしたサービス〉が、現実的に難しいことはわかっている。わかってはいるけれど、もしあったらいいよね。考えてるだけでなんかちょっと楽しいもんね。

泣きながら寝た次の日、

起きたら目がカピカピになって

目開けづらいから、

できたら金平糖とかに変わっててほしい…

枕元に色とりどりの金平糖あったら

ちょっとかわいい…

世界が突然嫌になったらケーキを食べるし、

傷ついてうぉんうぉん泣いた時は、

欲しいもの2000円以内で

何か一つ買ってもいいことにしている。

今日は、フルーツタルトを食べて、

『魔女の宅急便』のジジのマグカップ買った。

全然まだ悲しいけどタルトは美味しかった。

そんな風に誤魔化しながら生きてる。

なんでもない日に誰かに花を贈ったり、

ちょっと贅沢してフルーツを食べたり、

うまく行かなかった日はケーキを買って帰ったり、

食品サンプルみたいに

綺麗な目玉焼きが焼けたら写真に収めたり、

犬のようなものが描かれたダサめのパーカーを家で着たり、

そんな穏やかで温かな生活をして生きていきたい。

同期たちが婚約したり海外に移住したりする中で私はというと、

ラーメン屋さんで食券を押し間違えたり、

水族館の年パス買ってクラゲ眺めたり、

でっかい月にテンション上がったり、

甘い桃を食べて喜ぶなどしている。

何が良いとか悪いとかではなくて、それぞれの人生!!!

それぞれの生き方!!!!

第2章

仕事との付き合い方について

誰かが見てくれているから救われていることもある

小さい頃から、ストレスがかかると無意識に爪をむしってしまうという癖がある。なので、私の爪は、いつもどんな時でも深爪だ。指よりも爪が長くなったことがない。社会人になってもその癖はやめられなかった。むしろひどくなった。

会社の先輩たちはみんな、細い指にキラキラのネイルをしていた。「ネイルをしたら日々の生活頑張ろ〜って思えるよ！　ほうじ茶ちゃんもやってみたら？」と尊敬する先輩に言われ、「今度やってみます！」と答えた。

クリームパンのようにムチムチな手、白い部分がほとんどない爪を少しでも好きになりたくて、ネイルサロンを予約し初めてネイルをした。

先輩の言う通りだった。パソコンでカタカタキーボードを打つ時も、満員電車で携帯をいじる時も、落とした小銭を拾う時も、トイレットペーパーを巻き巻きする時も、会議のメモをノートに書く時も、いつも視界にキラキラの爪がいてくれた。理不尽に怒られることがあっても、コンビニの肉まんが売り切れていても、チャージが足りなくて改札に捕まっても、お気に入りのヒールが溝にハマって少しはげても、〈爪が可愛いからまあいいか……〉と思えた。

広告代理店は、私の初めてのネイルくらいキラキラした世界だ。綺麗な方や面白い方、不思議な方がたくさんいて、これぞ〝東京〟って感じに思えた。

でも、キラキラな分だけ、実際はドロドロで、ボロボロの世界だった。見たくない場面や聞きたくない情報がほぼ毎日、目や耳に入ってきた。

新卒から営業部に配属され3年ほど経った頃、ついに私も壊れてしまいそうになった。化粧も、服を選ぶのも、何もかもできなくなった。好きな読書も文字が読めなくなってしなくなった。コンタクトを注文するのも、お風呂に入るのも、ご飯を食べるのも、どうでもよくなった。

そんな状況で、自分が壊れかかっていることにも、大丈夫じゃないことにも気づいていなかった。

正確には、気づかないふりをしていたのだと思う。

〈もっと頑張らなきゃ〉〈みんな頑張っている〉
〈逃げちゃだめだ〉〈私が辞めたら迷惑がかかる〉

そんな風に自分を無理に鼓舞しながら、出勤途中、大手町の駅のトイレで吐いていた。

私のやつれ具合を危惧した人事の方が、部署異動を提案してくれて、営業部からプロモーションの部署に異動できることになった。

化粧をして、服を選んで、会社に行けるようになった。


以前、同じ営業部だったおじさんは、口数が少なかったけれどたまに発する一言がとても面白くて、まるで『あたしンち』のお父さんみたいな方だった。

飲み会の時に、美大を卒業したのだと教えてくれて、好きな美術館や作品などの話をした。

ストレスで爪をむしってしまうことを話した時には、「ええ、それは大丈夫なのか？　痛くないのか？」と、ちょっと驚きつつも心配してくれた。


部署異動をして話す機会は少なくなってしまったけれど、〈今はもう大丈夫です！　元気です！〉の意味を込めて、会社のエレベーターや自販機の前で会った時、オペ前の医者のように手を見せながら「ネイル変えました！」と報告をするようになった。

毎回、「キラキラだ」「人魚の鱗みたいだ」「アートだ」「つぶつぶだ」と一言くれる。それがとても嬉しかった。

お金がなくてネイルサロンに行けない時は、キャンメイクの〈N29〉と、〈N66〉を重ねて塗っている。

その爪を見せた時には、「ここがちょっと塗るの甘いんじゃないか……」と親指の根元を指差しながらご指摘を受けた。

私の不器用なネイルはだめみたいだ……。

＊＊＊

日々生きていたら、楽しいことよりも、辛かったりしんどかったり、もう消えてしまおうかと思ったりしてしまうことの方が多い。

それでも、見てくれる誰かが一人でもいれば、今日も一日生きてみようと思える。それが自分だけであったとしても。
爪が可愛いので、明日も頑張れる気がする……

行きたくない飲み会を上手に断るには…

仕事の飲み会は、正直なところあんまり得意ではない……。

もちろん会社の好きな先輩たちや同期との会は楽しいけれど……。

全然笑いたくなくてもヘラヘラ笑ってその場をやり過ごさなきゃいけなかったり、飲みたくない苦手な種類のお酒を飲むしかなかったり、帰りの電車で〈なんだったんだ、あの時間……〉とふと我に返って虚無感に襲われたりすることもあった。

遠慮しすぎて食べたいものを食べられず、帰りにコンビニで大量にお弁当やパンやスイーツを買い、吐くまで食べてしまうこともあった。

できれば本当は、コーラかほうじ茶かカルーアミルクが飲みたいし、平日の夜は家でゆっくりアニメを観たり本を読んだりしながらだらだらと過ごしていたい。

年齢を重ねるにつれて、多少は断れるようになった。でもまだどう断ったら気まずくならないか、嫌な気持ちにさせないか、ずっとわからなかった。最適解が見つけられないでいた。

いつも通りパソコンをカタカタしながら働いていると、少し離れたデスクから声が聞こえた。総務の方の声だった。

この総務の方は、普段から仕事がバリバリできることで有名で、感じも良くてとっても優しい。

会社の偉い人が、総務の方を飲みに誘っていたようだが「すみません！　今年分のチケット使ってしまいました！」と断っていた。

どうやら総務の方は会社の人たちと飲みに行くのを1年に1回と決めているら

しい。

「来年分の前借りさせてよ！」と偉い人が言っても、「すみません！　そういうのはやってないんですー」とまたやんわり断っていた。

断られた偉い人も笑っていて、なんだか全体的に良かった。


〈世の中にはこんなに誰も傷つけることなく笑顔で終われる断り方もあるのか……チケットという発想すら私にはなかった……〉と衝撃を受けた。

偉い人も断られるとわかって誘っているようで、一種のコミュニケーションとして確立していた。もし総務の方の貴重な年1回に選ばれることがあったら、きっととても特別感があって嬉しいと思う。


その総務の方と会議の前にたまたま二人になることがあった。他の方が来るまで世間話をして過ごしていた。

よくよく話を聞くと、前職でとんでもないブラック企業に勤めていたらしく、品川駅の長い通路を泣きながら帰ったこともあると教えてくれた。だから自分にとって、会社とのちょうどいい距離感を見つけて過ごすようにしたらしい……。

きっといろいろなことがあったからこそ、今の〈チケット制度〉に行き着いたのだと思った。

私もいつかこのチケット制度を導入できたらいいな……

私は年に5回くらいがちょうどいいかもしれない……

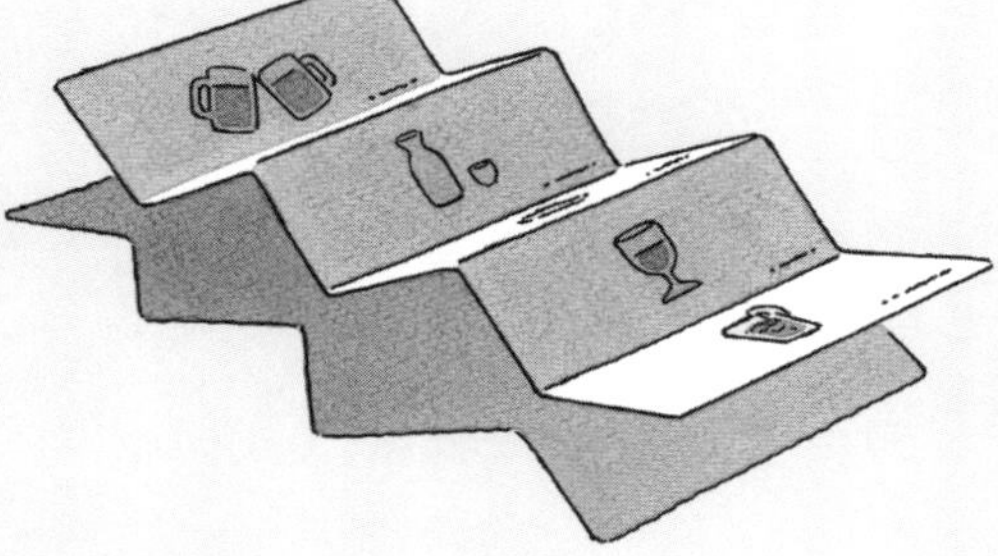

優しい人もちゃんと世界から優しくしてもらえますように

ちょっと前に会社に入った女の子のことを、私はとっても好きだったりする。

爪には大きなキラキラのパーツがついていて、毎日化粧バッチリで、長くて綺麗な髪の毛はいつもくるくる巻かれている。高いヒールを履き、ピアスをたくさんつけ、着たい服を着て働いている。誰にも分け隔てなく接し、仏頂面のおじさまをも不思議と笑顔にさせるほどのコミュ力を持っている。

部署が違うのでそこまで関わることはなかったけれど、挨拶以外にも話してみたいなと思いながら話す機会をずっと窺《うかが》っていた。名前は出せないので、ここでは「ギャルさん」と呼ばせていただくことにする。

会社に行ったら、たまたま隣のデスクに座っていたギャルさんが話しかけてくれた。

「昨日行きつけの河原で泣いてたら目がパンパンになっちゃって……」と言いながら腫れた目を見せてくれた。なんとなく、泣いた理由は聞かない方がいいかなと思った。

「心がしんどい時、ゴリラが走る動画とかオススメです……めっちゃ姿勢いいんです!」とお伝えした。私は心がしんどい時、〈ゴリラが走る動画〉〈カバが飼育員さんに歯磨きをしてもらっている動画〉などを見る節がある。

ギャルさんは「え、そうなんですか? ゴリラって走るんですか?」と言ってくれた。なんとも絶妙な空気が流れた。心の中で、〈話題間違えたかもしれない……ゴリラじゃなくて、もっとなんか気の利いたことを言えたらよかった……〉と一人反省会を始めたら、ギャルさんがすかさず「今日も河原行きます〜川を欲してます！」と元気に言ってくれた。

私も早く行きつけの河原を見つけたいし、〈行きつけの河原〉というワードを生み出せるギャルさんの語彙力に少しだけ嫉妬した。そしてやっぱり仲良くなりたいと思った。

トイレでたまたま会った時には「ほうじ茶さんって絶対、ＩＮＦＰですよね？私もＩＮＦＰなんですけど、絶対私と同じだろうなって……他の人の話聞くとほうじ茶さんの話がたくさん出てきて、誰とでも仲良くて本当にすごいと思います……！　きっとたくさん頑張ってるんだろうなって思ってました」と言われた。

頑張っているのがバレてしまったことはとても恥ずかしかったけれど、わかってくれる方もいるのか……と、なんかちょっと泣きそうになった。

ギャルさんが袖にたくさんリボンのついているお洋服を着ている日があった。「めちゃくちゃ似合ってて素敵です！」と言ったら、「え〜嬉しい！　特別に結ばせてあげます〜」と言って、ほどけていた右側のリボンを結ばせてくれた。私はリボン結びが苦手なので、あんまり上手に結べなかった……ごめんなさい。ギャルさん。

周りに誰もいないと思って黒いヒールの先端のはげた部分を黒のマッキーで塗っていたら、通りすがりのギャルさんに見られてしまったことがある。〈恥ずかしいところを見られてしまった……〉と反省していたら、「私もよくやります〜冬のブーツとかめちゃ塗ってます〜」と言ってくれた。

後日、「ほうじ茶さんほうじ茶さん見てください！　タイツに穴開いちゃったんです〜ペンで塗ろうと思います！　ほうじ茶さん前靴に塗ってましたよね〜！」と言って、小豆くらいの穴を躊躇なくぐるぐると黒く塗り始めた。脚に直塗りする豪快さが可愛かった。その日の帰り際、お饅頭に〈もしよかったら☻〉の付箋を貼って私のデスクの上に置いといてくれた。

クリスマス前には、「ほうじ茶さん、おでん好きですか？　クリスマスおでん食べません？　△△さんと話してて、ほうじ茶さんもどうかなって思って……！　イルミネーション見ながらベンチでコンビニのおでん食べるだけなんですけど……！」とあまりにも素敵なお誘いをいただいた。「食べます!!!」と反射で答えた。

しかし、ビジネス街のコンビニはどこもおでんを置いていなかった。さて、どうしようかという話になった時、ギャルさんがものすごい速さで近くのおでん屋さんを調べてすぐに予約してくれた。

好きなおでんをそれぞれ好きなように頼み、好きなだけ食べる。しみしみのおでんはとても温かかった。ギャルさんのおかげで素敵なクリスマスを過ごすことができた。

ギャルさんがどんな学生時代を送ったのか、どんな過去があるのか、今どんな悲しいことがあるのかわからないけれど、チャーミングでユーモアがあって周りをよく見ていて、付箋にニコちゃんマークを描いてくれて、たまにちょっと考えすぎてしまう、そんなギャルさんが一人で行きつけの河原で泣く時には、土手に小さなお花でも咲いていたらいいなと思った。

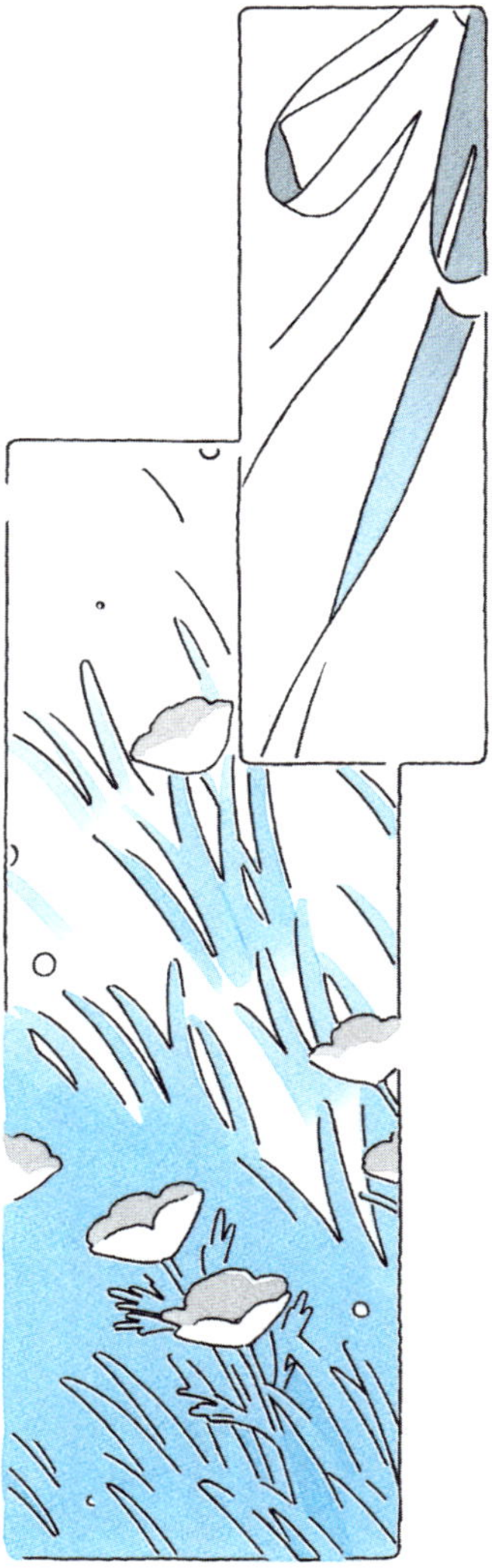

アルバイト

人生で初めてのアルバイトは近所のコンビニだ。客層は様々で、子どももいればおじいちゃんおばあちゃんもいた。優しい方もいればすぐに怒鳴る方もいた。

夜遅くに、ものすごく慌てながら店内に入りトイレを借りに来たおじさんがいた。どうやら大きい方をもらしてしまったらしく、近くにいた女性に店員を呼ぶよう助けを求めていた。

ちょうどレジにいた私は急いでトイレに向かい「お客さま、大丈夫でしょうか……」と恐る恐る声をかけた。すると、ドアが10㎝ほど開き、隙間から1000円札がにゅっと出てきた。

状況がわからず思わず固まる私に、おじさんが苦しい声で「お願いだ、パンツを、パンツを買ってくれ、あとウェットティッシュも……」と言った。

1000円札を受け取り、ぼんやりと男性下着のコーナーを見つめた。これまでの人生で男性のパンツを買ったことがなかったので、何を買えばいいのかしばらく悩み自分で選んで自分でレジをした。あと少しでバイト上がれたのにな……と、自分の運の悪さを呪った。

買ったものを持っておじさんの元へ向かいドアの隙間から差し出すと、おじさんは申し訳なさそうに「すまん……助かった……」と一言だけ言った。

私はなんだか切ない気持ちになり、いつもより自転車を強く漕いで家に帰った。

長期の休みには、工場でコンビニに卸すサンドイッチやパスタ、スイーツなどを作る仕事をした。

短期アルバイトは、ピンクの帽子を被らなければならない決まりがあった。白は普通のアルバイト、黄緑はリーダー、水色は社員。そこでは色によって明確なカースト分けがされていた。

サンドイッチを作るレーンに飛ばされた私は、ひたすら流れてくるパンをサンドした。具材がのっているパンにパンで蓋をして挟む単純な作業だったが、私の不器用が災いとなり、うまく積み上げることができなかった。

レタス担当のおばさまとハム担当のおばさまが、私に聞こえる声で「見て、あの子の作るサンドイッチ、ぐっちゃぐちゃ！」などと、マーガリン担当のおばさまや、きゅうり担当のおばさまに伝言ゲーム方式で告げ口をしていく。

とうとう一番端の黄緑のおばさまにまで届いてしまい、レーンを止めることになった。それでもなお、私はサンド係で、結局レーンを何度も止めてしまった。

涙が溢れそうになるのを必死にこらえる間もレーンは流れ続けるので、またしてもパンはズレる。もちろん、私が上手にできないことが一番悪いけれど、簡単なマーガリンやきゅうり担当にしてくれたら良かったのにな……と思ってしまった。

パスタに配属された日は天国だった。リーダーはジャムおじさんを実写化したような方で、その他の方もバタ子さんのように優しい。熱々のパスタを、ただ決められたグラムに量るだけだったので、私はいつもその担当になれるよう心から祈っていた。

工場バイトを辞めて10年くらい経ったけれど、コンビニでサンドイッチを見るたびに今でも思い出す。


大学の夏休みには、学童保育でアルバイトをした。

たくさんの子どもたちの中で一人、とても目立つ男の子がいた。常に輪の中心にいて、誰にでも分け隔てなく接し、『浦安鉄筋家族』をこよなく愛し、ドッジボールが上手だった。

その男の子が、ある時突然私の前に来て「先生はなんで笑いたくない時も笑っているの？　笑いたくない時は、無理して笑わなくていいんだよ？　大丈夫だよ？」と言った。

子どもたちの前で上手に笑えているつもりだった。この子にはバレているのか……と驚いたし、人のことちゃんと見ているのだなと感心した。

服を社割で買いたくて、アパレルでアルバイトをしたこともある。ただ、私自身、買い物中に話しかけられるのが得意ではないので本当に向いていなかった。白いニットを手に取っているお客さまに、「醤油とかついたら大変ですよね……」と言ってしまった。

なぜだかわからないけど購入してくださった。

地元の市立図書館でアルバイトをしたこともある。時給は、720円だった。アルバイトの方は皆、私の祖母や祖父くらいの年齢で、私が一番年下だった。休憩時間には、二階の畳の部屋で温かいお茶を飲みながら栗羊羹やお饅頭、アルフォートやきんつばを食べた。「ほれ！　栗のところあげる！」「饅頭、わしの分も食え！」など、本当の孫のように接してもらった。

「今、終活しててここの墓どう思う？」と聞かれた時は、なんて返せばいいのかわからなかった。「近くにアウトレットがあって、素敵だと思います……！」と答えるので精いっぱいだった。

お団子の白髪にかんざしをさしたおばあさんがとてもチャーミングで優しくて好きだった。一緒に絵本を読んでサボったり、書庫で本を探したりした。

雪女みたいに綺麗でクールな司書さんがいたり、賞を取っている作家さんがいたり、大人しい見た目でロック好きな主婦さんがギターを貸してくれたりした。

一番楽しかったアルバイトかもしれない……。


数えきれないほど嫌な思いもしたけれど、どのアルバイトも経験できてよかったと今なら思える。世の中にはいろいろな仕事があるということを知れた。いろいろな人がいるということを学べた。

この先どこかでアルバイトができるのならば、今度は常連客ばかりの純喫茶で働きたい。休憩時間に本を読みながらナポリタンを食べ、ちょっと酸っぱいレモネードをちょっと酸っぱい顔をしながら飲みたいな。

うまくいってなくても、何かは絶対に変わるから！　大丈夫!!

会社に、吉田羊さんみたいな素敵な女性がいる。

違う部署にいらっしゃるので仕事での直接的な関わりはないけれど、トイレで会った時やエレベーターの前で会った時にお話をすることがある。

いつ見ても背中がシャンッと真っ直ぐで、パンツスタイルにヒールがお洒落で、ハキハキとしていてとてもかっこいい。中学生の男の子のママでもある。

私がまだ自分自身のことをあまり話せなかった頃、子どもがYouTubeでゲーム実況をしているということを教えてくれた。そして、台本を作って配信に臨んでいることや登録者数を伸ばすためにいろいろ工夫していることも話してくれた。「できない勉強を無理にするより、好きなことを一生懸命してほしいからね」とおっしゃっていた。とても素敵だと思った。すぐにチャンネル登録をして作業しながら聞いた。

エネルギッシュでとても心地良かったし、私より13歳も若い方が、好きなことに一生懸命なのがとても眩しかった。

私がTwitterをしていて、将来紙の本を出すことが夢だと話すと、すぐにTwitterのアカウント名を聞いてくれた。

少し恥ずかしくなって小さな声で「ほうじ茶です……」と言った。好きな飲み物のコーラとほうじ茶で迷い、なんとなく温かそうなほうじ茶にしたが、もっと考えて名前をつけられたらよかったな……と少し後悔した。

後日「普段Twitter見ないから、見方がわからなくて下にいきたいのに、すぐ上まで戻っちゃって、あれどうしたらいいの？　過去のあまり見れなかったわ！　でも、コメントとか応援とか優しい人たちがたくさんいて良かったね！」と言ってくれた。そして、ほうじ茶のティーバッグをくださった。

SNSをしていたらきっと誰だって悲しい言葉を受け取ることがある。嫌な思いをすることがある。見てくださる方が増えると必然的にその機会も増えていくのだと思う……。

一時期、ご飯が食べられなくなるほどの言葉をくらってしまい、道を歩くのもツイートをするのも全てが怖くなった。顔に出ていたのだと思う。

トイレで会った瞬間に「どうしたの～」と声をかけてくれた。

そして「へこたれちゃだめよ！　絶対続けなね！」と励ましてくれた。〈へこたれちゃだめ〉という言葉、普段の生活で使ったことはないけれど、なんだかとても良いな、可愛いなと思った。

もしこの先、私の友達や後輩がへこんでいて声をかけることがあるならば、私も〈へこたれちゃだめ〉を言えたらな……と思う。

出版社の方から書籍化のお話をいただいた時、内心ドキドキで正直なところ仕事も手につかなかった。友達にも家族にも言えずに一人でドキドキする日々を送っていた。

ただ、この方だけには不思議と相談できた。

「うまくいっても、いかなくても、何かは絶対に変わるから！　大丈夫!!」

トイレの鏡の前でそう言ってもらえた時、心の底から〈確かに!!〉と納得した。

「きっとうまくいくよ！」「絶対大丈夫だよ！」もし私が相談された立場なら、そんな風に声をかけてしまうと思う。

目の前にある不安なこと、飛び込んでみるか迷っていること、一歩踏み出せないこと。

うまくいってもいかなくても、結果はどうであれ、何かは絶対に変わる。

その何かが何かはわからないけれど、絶対に変わる。変われる。

私が一番言ってほしかった言葉だった。

きっとこの先の人生で何度もこの言葉を思い出すと思う。

人生なんて「あともうちょっと頑張ろう」の繰り返しらしい……

会社のビルの近くにある広場には、誰もが座れるベンチやテーブルが設置されている。

毎年冬になると、イルミネーションが煌《きら》めき多くの人で溢れかえる。カップルや女子高生が仲睦まじく写真やTikTokを撮る中、映り込まないよう邪魔にならないよう、私は海で泳ぐ魚のように上手に避けながら帰路につく。

暖かくなり始めた春には、おじいちゃんおばあちゃんがテーブルにおにぎりや水筒を広げ楽しそうに話していたり、お洒落な女性がスタバを飲みながらパソコンをカタカタしていたり、外国人カップルがまるで雑誌の切り抜きのように足を組んで座っていたり、仕事終わりの新入社員らしき男女がコンビニで買ったであろうビールやハイボールの缶を持ちながら乾杯をしたりしている。

残業終わり、いつものようにベンチの前を通ると三人くらいで宴をしている会社員の男性たちがいた。その中の一人はだいぶ酔っており、大きな声で「人生なんて、あともうちょっと頑張ろうの繰り返しなんだよ!!」と言っているのが聞こえた。私はその言葉がなぜかとても印象に残った。

日々働いていたら、理不尽なことで怒られることや、自分に非はなくても謝らなければならないこと、どうすることもできないことや悔しくて仕方のないことがたくさんある。

正直なところ、これまで何度も仕事を辞めようと思ったことがある。

働いても働いてもお給料は上がらないし、日々の生活や奨学金の返済で貯金は全くできないし、なんのために働いているのかわからなくなる時がある。

朝、会社に向かう電車の中で〈このまま会社の最寄り駅で降りずに、ずっと電車に揺られて行けるところまで行ってしまおうかな……〉、ランチ休憩の後に〈デスクに戻らず海に行こうかな、なんか綺麗な貝殻でも集めようかな……〉、電車を待つホームで〈もうこのままふらっと消えてしまおうかな……〉と思う瞬間が訪れたり、衝動に駆られたりすることもある。

そんな時、ふとあの夜の言葉を思い出す。

「人生なんて、あともうちょっと頑張ろうの繰り返しなんだよ!!」

〈あともうちょっと〉が期間なのか程度なのかは、その男性に聞いてみなきゃわからないけれど、とりあえず〈あともうちょっと〉頑張ってみるかと思う。

これはきっと仕事に限ったことではない。生きること全てに当てはまる気がする。あともうちょっと頑張ったら、あともうちょっと練習したら、あともうちょっと続けたら、あともうちょっと生きてみたら、何か違う未来があると信じていたい。

きっと何事も、

気づいてしまう人の方が

しんどい。

「逃げてもいいよ、いいに決まってるよ、

逃げる場所だけ間違えないで」

と言ってくれた先輩の言葉を

思い出してる。

スープダイエットしてる会社の先輩に
「今日はなんのスープですか?」
と聞いたら
「今日はね、ハンバーガー」
と返ってきたの、とても好き。

普段ニコニコしてる人ほど
きっと家で泣いてると思うので、
なんかあったかい飲み物を飲んだり、
お風呂に入浴剤入れてゆっくり浸かったり、
ふかふかのお布団でぐっすり眠ってほしい。
あわよくば優しい夢を見てほしい。

第3章

友達・家族という存在

「わかり合えない」ことをわかり合えたら

私には、NとYという二人の親友がいる。二人とは中学校で出会った。何がきっかけで仲良くなったのか今となってはもうあまり思い出せないけれど、この二人と過ごすことがいつしか当たり前になった。バラバラの高校、バラバラの大学に進んでも、夏祭りに行ったり、お互いの文化祭に行ったり、定期的に三人で遊んでいた。

三人とも、性格は全く違う。仲良くなれたのが不思議なほど、好きな食べ物も、タイプも、ドラマや映画、音楽の趣味も、何一つ合わない。着る服や日々の生活も全く違う。

Nは、几帳面でしっかり者だ。たまに少し天然なところがある。綺麗なのに気取っていなくて、堅実で節約上手だ。

「いじめられている時は自分のことシンデレラだと思っていたし、眩しいのが苦手なのは吸血鬼だと思っているし、変わっているって言われても美女と野獣のベルだと思っているから大丈夫」と言っていた。とても強いな……と思った。

Yは、頭が良くてスポーツ万能で、自分の信念をきっちり持っている。行動力があるので一人でどこへでも行ける。一見サバサバしていて、実は誰よりも情に厚い。今は、メーカーの研究職でバリバリ働いている。

私がTwitterで悲しい言葉をいただくことがあった時には、「誹謗中傷、できる限り通報しといたから」と言っていた。やっぱり情に厚いな……と思った。

大人になってからも、月に1度予定を合わせて会うことができている。むしろ大人になってからの方が、会う回数が増えた気がする……。

毎回どこに行くのか、何をするか話し合うことが面倒になり、各月担当者を決めてローテーションで回すようになった。Nはアウトドアなので花火大会やイベントなどの体験系、Yは美味しい食べ物に詳しいのでビュッフェやレストラン、私の担当月は近場のゲーセンでコインゲームをしたり純喫茶に行ったりする。

普段、自分では行かないような場所に行って食べないようなものを食べる。ただ毎回、最終的にはファミレスや公園で4時間くらい話してから解散するので、結局どこに行っても何をやっても同じだ。会えればなんでもいいのだと思う。

三人で上野動物園に行った時、ツルを見ながら、Nが「足細っ」と真顔でボソッと言っていた。そりゃそうだと思った。

愛嬌を振り撒いてくれるアザラシを見て、Yが「私がバイトのアザラシなら絶対ファンサなんてしないで極力サボるな……」と言っていた。アザラシにバイトも何もないだろうと思った。

三人で草津温泉に旅行に行った時、Nが新幹線やホテルの予約をしてくれた。Yが美味しいご飯やカフェを調べてくれた。

私はというと、写真撮影と行く先々での人との会話を担当した。私だけ負担が少ないかもしれない……ごめん……。

それぞれ苦手なことを自然とカバーし合っていた。

次の日起きると、Nはコーヒーを飲みながら朝の支度をゆっくりしていて、Yは朝風呂に入りに行っていた。私は、ギリギリまでだらだらと布団に潜って〈この時間がずっと続けばいいのに〜〉と思っていた。

Nの結婚式の時、Yと協力しながらウェルカムボードを作った。私は、スピーチも任せてもらっていたが、緊張しいなのでスピーチの前にテーブルに運ばれてきた素敵な料理の味が全然わからなかった。足をぶるぶる震わせながらマイクの前に立ち、手汗がじんわり滲んだ台本を持ちながら話し始めると、涙がポロポロと零れてきた。スピーチの終盤でやっと人の顔を見られるくらいには緊張が解けたので、周りを見回すとNの会社の偉いおじさんがうぉんうぉん泣いているのが見えた。なんだか嬉しかった。Nも、Yも泣いていた。

あの日、Nは間違いなく世界で一番綺麗だった。

誕生日プレゼントを送り合う制度は廃止になったし、毎日連絡を取り合うわけでもない。〈何か話題を作らなきゃ〉〈何か話さなきゃ〉と頑張らなくてもいいので、三人で携帯を無言でいじる時間もある。それがとても楽だったりする。

人生の半分以上一緒に過ごしていても、未だにわかり合えないことがたくさんある。でも、それでいいのだと思う。考え方や感じ方、好きなもの嫌いなものがそれぞれ違うから、一緒にいて面白いのだと思うし、わかり合えないことをわかり合えていることが心地いいのだと思う。

友人関係に限らず、人と無理に関わる必要はきっとない。

もし誰かと一緒にいて心がしんどくなったり、この人といる時の自分好きじゃないな〜と思ってしまうことがあったら、少し距離を取ってみてもいいんじゃないかな……学校や職場では、それが結構難しいのだけれど……。

自分が自分らしくいられる相手がきっとどこかにいるはずだ。既に出会っているかもしれないし、この先の人生で出会えるかもしれないし、ＳＮＳの中や違う国に住んでいる人かもしれない……。

人生最後は必ず帳尻合わせがくるから大丈夫

小さい頃、いろいろあって、母は朝から晩までずっと働いてくれていた。

なので、私と妹はほとんど祖母に育ててもらった。

祖母はとても強い人だ。一人でなんでもできてしまう。

家の前に大きな蛇が出た時、祖母は全く動揺せず素早く箒《ほうき》を取り出しひょいっと蛇を持ち上げ、向かいの雑木林にポーンッと返した。

なんとも豪快でスムーズで、達人の領域だった。私と妹はただ茫然とその背中を見守っていた。

とても社交的なので、授業参観に来てくれた時には他のお母さんたちや先生、私の友達とワイワイ楽しそうに話をしていた。あまりにも分け隔てないので、ちょっと羨ましいくらいだった。

社会人になり、なかなか会えなくなってしまったが、少しでも暇ができればすぐ電話をしている。

大谷翔平さんが出る野球の試合や羽生結弦さんのスケートがテレビで放送される時は、「ちょっと今は無理！」と断られてしまうが、それ以外なら割と長時間、話をしてもらえる。

電話をする中で、ハッとしたことや、心にドスッと刺さった祖母の言葉たちを私はスマホのメモに残している。

ある時「自分の選択全て間違いのような気がしてしまう……」と話したら、「人間なんてどんな選択をしても後悔するに決まっているでしょう。後悔するようなことをどれだけ減らそうと行動できるか、そしてどれだけ減らせるかが大切なのよ」と言っていた。

〈ほぉ〜〉と思った。

そして「もっとズルく生きなさい！」とも言われた。

「もっとズルく生きなさい！」と私に言ってくれた祖母は、誰よりも真面目でズルができなくて損してばかりだったということを、孫の私はよく知っている。

困っている人がいたら見過ごさずすぐ声をかけたり、スーパーでお釣りを20円多くもらった時にレジの人にすぐ言ったり、嘘をつけなかったり、そんな祖母を見て私も妹も育った。

なので、大人になった今「ズルく生きなさい！　馬鹿真面目に生きてちゃダメ！」と急に言われても、私はちょっぴり困ってしまう。

またある時、「自分のことしか考えない人が得をしているの、ズルいと思う……」と話したら、「人生最後は必ず帳尻合わせがくるから大丈夫」と言ってくれた。

その言葉は、私にとっての希望だし、祖母自身も信じていたいのだと思う。

親友が結婚した時「なんだか自分だけがどこにもいけず何にもなれず取り残されている気がする……」と話したら、「一人で生きられるなら一人でいいのよ、寂しさに耐えられなくなった時に誰かと一緒になれたらいいのよ。」と言っていた。その〈誰か〉と〈一緒〉がとてつもなく難しいことなのだけれど……と思った。

「おばあちゃんも生きるの辛い?」と聞いた時には、「辛いよ～! いくつになっても人生は辛い! 毎日生きるのが精いっぱい!!」と返ってきた。なんとなくおばあちゃんになったら、辛くなくなるものかと思っていたが、どうやら違うらしい……ただ祖母の声は明るく聞こえた。

電話を切る直前「み～んな幸せになりなさいよ!」と言っていた。本当にその通りだと思う。祖母の〈み～んな〉に一体誰が含まれているのか、どこまでの範囲かは聞かなかったけれど、多分祖母の言う〈み～んな〉は今生きている人間全てだと思う。

料理上手で、あずきバーとパルムとマグロとおはぎが好きで、私の文章のことを応援してくれていて、「このこと書いてもいいけど?」と言ってくれる。

＊＊＊

そんな祖母に1日でも長生きしてほしいなと思う。
私はこれからも祖母の言葉をたくさん聞きたい。

どうでもいい話をどうでもよくない人たちとしようよ。

最近のSNSは、人の容姿への批判や暴露などなんだか見ていると疲れてしまう。〈あれ？　前からこんな感じだったっけ？〉と思う。

少なくとも、スクショや画面録画がなかった時代には、これほどまでに拡散や偽装や晒しなどはなかった気がする……。

火のないところに煙は立たないというけれど、もはや誰もがライターやマッチやチャッカマンを持っているような、切り取り方によってはいつでも誰かを炎上させることができてしまうような、そんな世の中になったな……と思う。

便利な世の中の恩恵を当たり前に受けすぎてしまって、きっとみんないろいろなことが少し麻痺してしまっているのかもしれない……。

正直なところ、誰と誰が不倫したとか、あの人は整形だとか、どうでもいいと思ってしまう。

どうでもいいは、ちょっと言いすぎたかもしれないけれど、本当のことなんてその人以外わからないのだから、所詮他人なのだから、真偽不明の憶測や噂話で、会ったこともないと話したこともない誰かのことを誹謗中傷するのはどうなのだろうか……。

批判的な意見と誹謗中傷は、全くの別物だと思う。

たとえば整形があれやこれやと言われている理由もよくわからない。時間をかけて一生懸命お金を貯めて、なりたい自分になろうとしていたり、一度しかない人生において自分を少しでも好きになろうとしていたりすることは素敵な努力の形だとすら思う。

ある時はジムで鍛えるムキムキマッチョのお兄さんの写真に「鍛えてる自分が好きなだけだろ」というコメントも見かけた。好きな自分になって好きな自分を写真に残して何が悪いのだろう……。努力の証だと思う。

同性カップルの友達の投稿に心ないコメントも見かけた。そんなコメントには全く同意できないし、パートナーの性別に関係なく、誰もが好きな人とずっとニコニコ笑顔で過ごしてほしい。

好きな俳優さんが根も葉もない噂で叩かれていた時、コメント欄を見たら「芸能人だから我慢するべきだ」「そういう仕事を選んだんだから仕方ない！」「発信してる方が悪い」などの言葉が並んでいた。我慢なんて本来しなくていいと思うし、なんにも仕方なくないし、全く悪くないと思った。

言葉は時に、人を簡単に殺めてしまう。

一度口から発したり、文字を書いたり、キーボードに打ち込んだりした言葉は消せない。送信取り消しやコメント削除はできるかもしれないけれど、相手に届いてしまった瞬間にそれは凶器になる。

取り返しのつかない事実になる。

そんな凶器的な言葉を簡単に言えてしまう、書き込んでしまう、使えてしまう、その人たちにも、いろいろな苦悩や過去のトラウマやコンプレックス、嫉妬があるのかもしれない……それが唯一のストレス発散なのかもしれない……。

私も人間なので、誰かに対して嫉妬する時や、苦手意識を持ってしまう時がある。どうしても許せない人やわかり合えない人もいる。

嫉妬しないように……苦手意識を持たないように……全てを許すべき……わかり合うべき……とは思っていない。

相手を意図的に傷つけてしまうようなそんな言葉たちは、ノートに書いて机の中に閉まっておこうよ、携帯のメモに留めておこうよ、ツイートの下書きに残しておこうよ。

そして、「歯を磨いた後にオレンジジュース飲んだら苦いよね！」とか、「たくあん食べた後に麦茶飲んだら甘いよね！」とか、「サクレのマンゴー味がめちゃめちゃ美味しいよ！」とか、「近所の神社には猫が5匹いてそれぞれ名前がついているんだよ！」とか、そういうどうでもいい話をしようよ。

どうでもいい話をどうでもよくない人たちとしている時間の方が、誰かを誹謗中傷するよりもきっと心が満たされると思う。

たくさんの言葉を生み出し続けて想いを伝えることができるのは人間だけなので、誰かを悲しませるような言葉たちよりも、誰かを喜ばせるような、そんな言葉たちを多く使っていけたらきっといい。

とってもとっても小さいけれど、きっと、とってもとっても大事なこと。

とっても小さいことなので、気にしない人は全く気にしないと思うし、私が気にしすぎてしまっているだけなのかもしれないけれど、どうしても気になってしまうことがある。

それは、漢字の使い分けだ。たとえば「見る」と「観る」、「聞く」と「聴く」、「書く」と「描く」など……。

映画は必ず〈観る〉、音楽は〈聴く〉、絵は〈描く〉と表記したい。なんとなく〈映画〉は〈観る〉と仲良しな気がするし、〈音楽〉は〈聴く〉の相棒な気がするし、〈絵〉は〈描く〉と親子な気がする。

誰かの間違った使い方を指摘したいとかでは決してなくて、ただ自分自身が言葉を正しく使いたいのだと思う。

間違えてしまうことも多々あるけれど……。

私が文章を書くきっかけになったのは、新卒の頃お世話になった上司に言われた一言だった。

「ほうじ茶は文章が下手だから、なんでもいい、思ったことや感じたことを書いてみろ」

その上司は、回る椅子があったらくるくると回ってしまうし、ちょっと失礼だし、みんなへのお土産のお菓子を一人でパクパク食べてしまうし、クライアントさんの懐にひょいっと入ってなぜだか好かれるし、子どもみたいな大人の方だった。

適当に見えてとても細かくて、エクセルにまとめた業務報告やメールの文章を何度も何度もフィードバックしてくれた。

でも、週1回の定例打ち合わせは、私の文章の拙さが可視化されてしまうので正直少し憂鬱だった……。

ある時、私の書いた業務報告書を見ながら「制作と製作は全然違うから！」とご指摘をいただいた。

何がどう違うのかわからず、ぽけーっとしていたらホワイトボードに丁寧に書いて説明をしてくれた。

「制作は、たとえばクリエイターの人が何かを創作する時に使って、製作は、実用性のあるものを作ったり、費用を集めて作品をプロデュースしたりする時に使うの！　間違えて使ったら失礼でしょ！　漢字にはちゃんと意味があるから！」と言われた。

業界によって使い分けは多少異なると思うけれど、広告業界においての〈制作〉と〈製作〉はこのような違いがあるらしい……。

上司の言う通りだと思った。

何かを作る人、生み出す人、プライドを持って仕事をしている方たちへの敬意が足りていなかった。こっそりひっそり反省した。

人間なのでもちろん変換ミスや誤字をしてしまう時はある。「ご確認」を「ご角煮」と打ってメールを送ってしまったことだってある。とんだ食いしん坊だ……。

そもそも正しい漢字を知らなければ使えないし、意識しないと覚えない。

自分の間違いや言葉や漢字の正しい意味を〈知ってからどうするか〉〈学んでからどうするか〉なのだと思う。

私はその件以来、「制」と「製」を使い分けるようになった。

この上司がいなかったら私はきっと文章を書いていない。いつか本を持ってお礼を言いにいけたらな……と思う。
きっと「俺に帯書かせろよ～」なんて言いながら、笑ってくれると思う。

友達って

大人になってから友達を作るのはとても難しいと思う。そして、その関係を続けていくのも。

でも、小さな小さな偶然やきっかけで、ふとした時に大切な友達ができることもある。

私には、2~3カ月に1度、パフェやふわふわのシフォンケーキを一緒に食べる友達がいる。この子と出会ったのは、多分2年くらい前だ。

インスタで見かける彼女のセンスがとても好きで、DMをやり取りするうちに会えることになった。

毎回それぞれ行きたい純喫茶の候補出しを行い、決めたところに直接集合する。そして、最近あったいろいろなことを3時間くらい話してバイバイする。

一緒にお酒を飲んだことも、純喫茶以外どこにも行ったことはないけれどとても心地いい。

悲しいことがあったと話してくれた時、「それは、もっと怒っていいことだよ！もっと悪く言っても怒られないよきっと！」と言ったら、「そうだよね……このやろっ！」と、全然怒り慣れていない言葉が出てきて可愛かった。

なんでもない日に真っ白な花束をプレゼントしてくれた。「ほうじ茶ちゃんのイメージで選んだんだ〜」と言ってくれた。

その子が大学卒業の時、私からもお花をプレゼントすると「春を詰め込んだみたいな花束だ〜」と言って喜んでくれた。やっぱり可愛かった。

1年に会えるのは大体4回くらいだけれど、なんだか四季みたいでいいな……と思える。

私には、まるで焼きたてのパンみたいな友達もいる。この子と出会ったのは東京の下町にある居酒屋だった。この子は、私が住んでいる街にたまたま引っ越してきてくれた。

仕事が大変な時、生きるのがしんどくなった時、〈ポストにお届け物入れといた！〉と連絡をくれる。

冷たくて無機質な銀色のポストを開けると、お土産や入浴剤、その子が働いているカフェのパンが入っている。

茶色の紙袋には、〈あったかくして眠るんだよ〉〈いつも頑張ってて偉いよ！〉など、優しすぎるメッセージが書いてある。

私はとても重い人間なので、紙袋は捨てられずに壁にまとめて飾っている。

親友の結婚式の帰り、一人電車に乗っていたら嬉しいと寂しいの感情がごちゃ混ぜになって涙が溢れそうになった。

そんな時にも、「ていうかさ！　ご飯食べに来る？　なんか食べた？」「おいで！焼き鳥だから！」と連絡をしてくれた。

とても救われた。本当は行きたいくせに、迷惑がかかると思い断る方向でメッセージを送ったけど、この子には私のそんな気持ちも見透かされていた。「いいから！　早くおいで！　待ってる！　待ってるから！」とさらに追いＬＩＮＥを送ってくれたので、お邪魔することができた。今まで食べた焼き鳥の中で一番美味しかった。

この子以上に、優しくて温かい人間を私は知らない。

私には、雲の隙間から差す一筋の光のような友達もいる。この子は、原宿で美容師さんをしている。

サロンモデルをしている後輩から「ほうじ茶さんに考え方とか、話し方とかそっくりな美容師さんがいて今度紹介したいです！」という話を聞いていたので、ずっと気になっていた。半年後くらいについに会えることになった。
会ってみると本当に私と考え方やものの感じ方が似ていた。でも私よりずっと努力家で儚くて強くて綺麗だった。

瞬く間に仲良くなって、思いつきで夜散歩に行ったり、朝活でパン屋さん巡りをしたり、公園で昼寝をしたりシャボン玉を吹いたりして過ごすようになった。

「私、学生時代、人間界に溶け込めなかったんだよね。だからずっと教室で本読んでた。最近やっと人間界にまぎれられてるんだ～」と言っていた。なんだか妖精みたいで素敵だと思った。もし学生時代に出会えていたらどうなっただろう……と想像した。

SNS、飲み屋、友達の紹介、出会い方なんてきっと何通りもある。どれが間違いとか正解とかきっとない。たまには、「会ってみたい」「話してみたい」「友達になりたい」という自分の気持ちに素直になってみてもいいんじゃないかな……。

生きてきた環境や、ついている仕事がどれだけ違っても、お互いの〈好き〉が重なるところを見つけられたらきっと大丈夫だと思う。

生きてくれたら嬉しい

大学生の頃、友達から送られてくる「もう死にたいね」のメッセージに対して、「わかる死にたいよね」と返していた。

それはまるで、「おはよう」に対する「おはよう」くらいに、「ありがとう」に対する「どういたしまして」くらいに軽い気持ちで、本当に死ぬなんてことはないだろうとどこかで安心してしまっていた。

その友達は、カメラが趣味だった。私に、ミモザが似合うと言ってくれた。「ほうじ茶ちゃんは、ミモザって感じがする！　今度写真撮らせてよ！」

その頃私は、明日や未来が当たり前にあると思っていたので「痩せたらぜひお願いしたい！　春になったら！」と言ってそのお誘いを先延ばしにしてしまった。

ある時その友達が、Twitterの裏垢で極端な選択を仄めかした。

すぐにLINEで今いる場所を聞き、少し会えないかと送ると、一言だけ〈ほうじ茶ちゃんごめんね〉と返ってきた。23時26分だった。

その子のお家に行き、警察を呼び、やれることが何にもなくなった私は、ひとまず自分の家に帰った。

朝になってから、その子のお母さんからやるせない連絡をもらった。

〈ごめんね〉がその子からの最後のメッセージになった。

私はその子に、

〈生きてたらきっといいことあるよ！〉

〈まだ死んじゃだめだよ！〉

〈いつか絶対幸せになろう！〉と、ありきたりな綺麗事しか送れなかった。

生きてたらいつかきっと良いことはあるだろう……。

でも、〈今〉が死ぬほど辛い人に、そんなことを言って何になるのだろうか……。

「死にたい」に同意していたのに〈死んじゃだめ〉なんてなぜ言えるのだろうか……。

絶対なんてあるのだろうか……。

いつかって、いつになるんだろうか……。

幸せってなんだろうか……。

もっと何か言えたんじゃないか……。

もっと何か言うべきことがあったんじゃないか……。

〈ごめんね〉なんて言わせてごめんと思った。

最後のトーク画面を何度スクロールしても、時間はやっぱり戻らなかった。返信も来なかった。

それ以降、私は「死にたい」と口にすることも、文字に打つことも一切しなくなった。「死にたい」に同意することもない。怖いのだと思う。

もう消えたいと思う人には、もう消えたいと思う理由がきっとあって、話したくない過去やトラウマ、話せない悩みがきっとあって、その全てをわかることはできないのに、「生きててほしい」と伝えるのはどうなんだろう……とずっと考えている。

「死なないでほしい」なんて何も知らない私からは言えないし、言ってはいけない気がする……。

たとえば「生きててくれたら嬉しい」や「今度一緒に美味しいもの食べませんか」だったら、気持ちと提案だから押しつけにはならなくてすむのかな……。

一般的な正解なんてないことはわかっているけれど、その人にとっての正解はある気がしていて、それをどうにか伝えられるようになりたい。

どうか明日も生きててくれたら嬉しい。

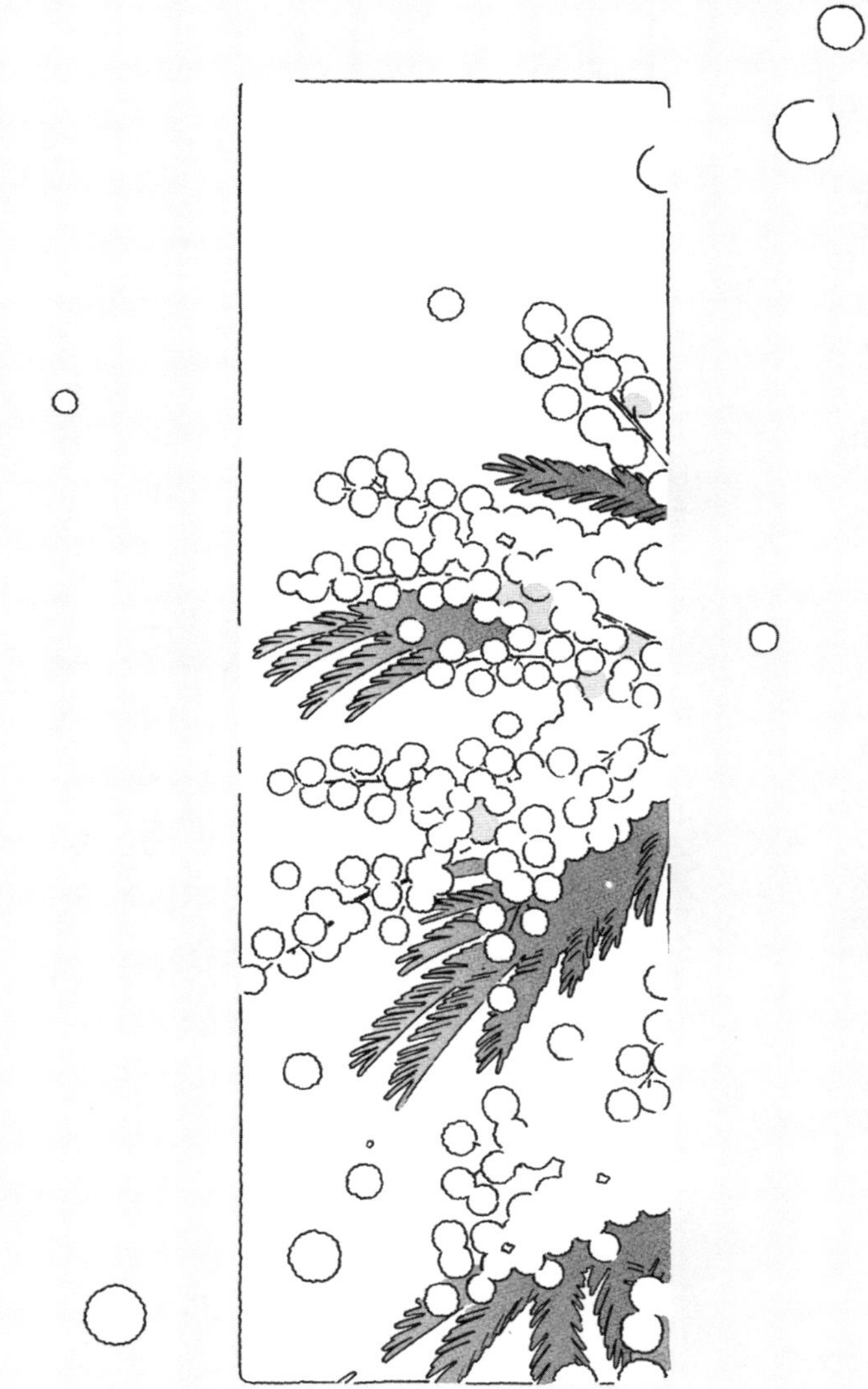

昨日あったことを今日話したくなる人がいたら、きっと大事にした方がいい。

仕事はあくまで仕事なので、プライベートな話はあまりしないようにしている。思いもよらない形で話が広まってしまったり、間違った情報で判断されたりしてしまうことがあるからだ。

ただ唯一、私が心の底から信頼していて、心の底から大好きな人がいる。それは秘書さんだ。

秘書さんは小さい頃からバレエを習っていたので姿勢が良く、ヨガが趣味で、いつ見てもお綺麗だ。初めて会った時〈こんな美しい方がいるのか……東京ってすごい……〉と思った。

秘書さんは私のどんな相談でも聞いてくれる。嘘みたいにくだらなくて、どうでもいい話も聞いてくれる。

人生で一番好きな人と別れた次の日、泣き腫らした真っ赤な目で出社したら、たまたま秘書さんに会った。「どうしたのほうじ茶ちゃん！　何があったの〜」と心配してくれた。

外出後に自分のデスクへ戻ると、机の上に焼き菓子と、蒸気でホットアイマスク、バスソルトが置いてあった。秘書さんからだった。

付箋には〈ほうじ茶ちゃんは可愛いわ。今日は温かいお風呂に入ってゆっくり眠ってね。今度ご飯行きましょうね〉と書かれていた。

時には厳しく注意してくれて、時には全力で肯定してくれて、時には私を守ってくれる。大人になって、嫌味を言ってくる嫌な人や理不尽なことを押しつける人、絶対に自分の非を認めない人などにたくさん出会ったけれど、秘書さんと出会えただけでもういいやと思える。

会社でついお話したくなる方はもう一人いて、ビルの清掃のおばさまは、私のことをとてもとても可愛がってくださっている。会うたびに、「今日のお洋服も可愛いですね！」「マーメイドみたいなワンピース！」「袖のレースが素敵ね」「チェックのワンピース夏らしくていいですね」「今日はまたちょっと雰囲気違いますね」「なんだか痩せましたか？」「お会いしてなかったから心配でした」「会えてよかった！」と必ず声をかけてくれる。

私もお会いできるのが嬉しくて、ついつい世間話をしてしまう。
「昨日暑かったですね！　私ほとんど外に出なかったんですけど……」
「昨日ご飯食べすぎちゃいました〜」

きっと本当にどうでもいい内容だと思う。でも少しでも長い時間話していたいと思ってしまう。

そんなおばさまが、体調を崩されて検査のためにしばらく仕事をお休みすることになった。

最終日、会社の近くでチョコレートを買って向かった。おばさまはいつも11時40分頃に私の会社のフロアにいらっしゃる。少し到着が遅くなって12時頃着いたが、おばさまはまだいてくれた。

そして大きなチョコチップクッキーをプレゼントしてくれた。

またいつかお会いして話せることを心から願っている。

クラスメイトや友達、先輩、学校の先生、家族、好きな人、職場の人、よく行くコンビニの店員さん……関係性なんてなんでもいいと思うのだけれど、昨日あったことを、今日話したくなる人がいたらきっと大事にした方がいい。

悲しい話でも、楽しい話でも、くだらない話でも、その人に話したい、その人に聞いてほしいと思うのなら話してみてもいいと思う。

相手にとっても、そんな存在になりたいと思う。

さっき祖母に電話したら

「人間なんてね、

幸せそうに見える人ほど悩みを抱えていたり、

明るく見える人ほど悲しい過去があったり、

みんなそれぞれ言わないだけで見えてないだけで

何かしら背負ってるからそれぞれ頑張って生きよう」

と言っていて、その通りだと思った。

遊んだ後すぐ「今日ありがとねー！」とか

「また遊ぼ！」とか

その日撮った写真と共に送ってくれる子

なんなの？　とても好き。ありがとう。

駅からの帰り道にセブンティーンアイス買って一緒に
歩いてくれる人と、
寝れない夜にずっと起きててくれる人と、
夜にマック食べたくなった時に「これは罪だね」と言いながら
チーズバーガー食べてくれる人と、
「今日お祭りらしいよ！　行こう！」と誘ってくれる人が
いてくれたら、それはもうきっと幸せ。

自分自身のことを好きかという話になった時に、
「好きではないけど、大事」と答えた友達、
なんかすごく素敵だと思った。

第4章

愛というものについて

みんなどこかに、心の避難所があったらいいな

仕事帰りにもうご飯を作る気力が1㎜も残っていない時や、なんとなく家に帰りたくない時に近所のデニーズによく行く。広くて明るくて、温かいご飯がすぐに食べられて、誰かが必ずいてくれるので、私にとって心の避難所のような場所になっている。

そんなデニーズでいつも頼むのは、とろ〜り卵とチーズのオムライスだ。お給料が出た日には、エビフライも追加しちゃう。ドリンクバーに、ファンタレモンがあるのも大変嬉しい。

いつものようにデニーズで夜ご飯を食べていたら、前のテーブルのカップルが別れ話を始めた。二人とも私と同じくらいの20代後半に見えた。女の子の方が「私はもっと会いたかった……」と今にも泣きそうな声で言っているのが聞こえ、全く関係のない私がなぜだか泣きそうになった。

別れ話中、料理を運びに来た店員さんに二人とも軽く会釈をして「ありがとうございます」と言っていた。そんな状況でも、店員さんにお礼を言える二人はきっととても素敵な人なのだと思う。

なんだかとてもしんどくなって、席を立ちドリンクバーを注ぎに行ったら、小さな女の子が鼻歌を歌いながらいろんな味を混ぜていた。絵具の筆を洗った水のように、あまり綺麗とは言えない色になっていた。

帰り道、デニーズの前の信号でちょうど別のカップルが待ち合わせをしていた。「お疲れー!」「お疲れ!」「寒くない?」「今日やばい寒い」と言って手を繋いで歩き始めた。あのデニーズの二人にもこんな時期がきっとあったはずで、その対比にまた心がしんどくなった。

お給料日に無性に甘いものが食べたくなってデニーズに行った時、隣の席に小学5年生くらいの男の子とその子のお母さんが座っていた。

男の子の前に苺が運ばれてきた。キラキラした目でその苺を見ていたのに、まだひと口も食べていない状況で「お母さん食べる？」と聞いていた。たった4個の苺、1個お母さんにあげてしまったら3個になるのに……。

それでも男の子は、目の前の苺よりもその奥にいるお母さんを一番に想ったのだ。私が子どもの頃、そんなことできたかな……。いや、できなかったと思う……。

お母さんは「いいから、食べな！」と言っていた。苺をまるまる口に放り込んだ男の子は「あま～」と言っていた。

もし私がこの苺だったら、この男の子のために頑張って糖度を上げるだろう。

近所に住む友達とデニーズに行った時、メニューに書かれた説明を読んでいたら「デニーズのポイントって〈ぷに〉っていうんだ……偉い人たちが会議室で真剣に〈ぷに〉や〈ぽよ〉で悩んだのかな……可愛いなあ」と言っていた。私は友達のそういう考え方や、気づけるところが大好きだなと思った。

悲しい出来事があった時すぐに私の最寄りまで来てくれる友達がいる。近くに夜遅くまでやっている飲食店が少ないので、やっぱりデニーズになる。

季節のパフェを食べながら、自分の気持ちを押し殺してなんでもない風に話をしたら「あんたはいつも言葉を正しく使う人でしょ、今の話は我慢してるでしょ？本当は違うでしょ？　わかるよ」と言ってくれた。

「正解とか間違いとか普通とか普通じゃないとかないから。今はまだ全てが途中なの。０か１００でもないの。テストで△のおまけあるでしょ。それが取れればいいんだよ。頑張ったからいいんだよ」と言ってくれた。人目も憚らず泣いてしまったが、幸い奥の角の席だったのであまり周りにバレないですんだ。

カップルが別れ話をしていたテーブルに、この前高校生くらいのカップルが座っていた。

私が泣いたテーブルには、ディズニー帰りの男女が4人座っていた。

いろんなテーブルでいろんなことが起こっていたことを、みんな知らない。

知る由もない。


ナイフやフォークが入った箱に携帯を立てかけながらアニメを見る背広の男性も、パソコンをカタカタしている女性も、和気あいあいと食事をする家族連れも、ドリンクバーを飲みながら楽しそうに話している主婦さんたちも、パンケーキを食べる女子高生も、テニスラケットを持った大学生くらいの男の子たちも、きっと毎日いろいろなことがある。

いろいろなことがある中で〈食事をする〉〈座って話す〉〈作業する〉というそれぞれの目的を達成するために、みんな同じ場所にいる。きっともう二度と人生が交差することはない。とても不思議な気がするし、それが当たり前な気もする。

人によってホッとする場所は違うかもしれないけれど、お店の看板や店内の灯りが見えるだけで何だか安心する心の避難所が一つでも多くあるといいな……。

「美味しいものを食べてほしい」も
愛だし、「涙を流すことが
減りますように」もきっと愛

正直なところ、愛とかまだあんまりわからない。

大人になっても……いや、大人になるにつれて、どんどん愛というものがわからなくなっていく気がする。

実体のない、触れられない、見ることのできない感情や想いに〝愛〟なんて名前をつけた人は一体誰だろう?

どんなことがあって、どんな想いで、〝愛〟と名づけたのだろう?

たとえば、「美味しいものをたくさん食べてほしい」は、きっと愛だと思う。

羊羹の栗の部分をあげたいとか、綺麗に焼けた方の目玉焼きを食べてほしいとか、お皿に移す時に倒れなかった方のケーキを渡したいとか、大きい方のエビフライと交換してあげたいとか、豚カツの真ん中を一切れ分けたくなるとか、そういうの全部まるっと愛だと思う。

浅草で人気のどら焼き屋さんがある。

いつも売り切れていて買えないけれど、たまたま売っているのを見かけたので、雷門で友達と待ち合わせをする前に、自分の分と友達の分を二つ買うことにした。好きな方を選んでもらえるように白あんと普通のあんこを一つずつ買った。

走って待ち合わせ場所に向かうと、見覚えのある小さな紙袋を持った友達がいた。友達も私の分のどら焼きを買って持ってきてくれたらしい。

「こんなことある⁉」と二人で笑いながら、〈どら焼き交換会〉が開かれた。「あたしもどっちがいいかわからなくて、白あんと普通の両方買ったんよ〜いっぱい食べられるね〜」と言ってくれた。

「美味しいものを一緒に食べたい」も、きっと愛で、愛は時に、4つのどら焼きになるのだと知った。

＊＊＊

「悲しい涙を流すことが1回でも少なくなってほしい」も、きっと愛だと思う。

どうかその人の周りにいる人に少しでも優しくされてほしいとか、できれば知らない人にも親切にされてほしいとか、大丈夫じゃない時に大丈夫じゃないことに気づいてあげたい、もしくは気づいてくれる誰かがその人のそばにいてほしいとか、温かいお風呂に浸かって暖かいふかふかの布団でゆっくりぐっすり眠ってほしいとか、そういうの全部まるっと愛だと思う。

友達に「涙ってしょっぱいから、惨めな気持ちや悲しい気持ちを増幅させると思う。もしホワイトモカみたいに甘かったり、和風出汁の味がしたり、色がピンクなら気持ち紛れると思うんだけど、どうかな？」と言ってみたら、「違うよ、透明だからいいんだよ、嬉しい時に流れる涙も、悲しい時に流れる涙も全部透明でしょっぱいから、同じだから、生きるって面白いんだよ」と返ってきた。

その友達の言葉の真意は私にはちょっと難しくて、全てを理解することはできなかったけど、私のくだらない質問に毎回ちゃんと考えて答えてくれるこの友達が、どうか透明でしょっぱい悲しい涙を流すことが1回でも少なくなってほしいと願った。

＊＊＊

愛の対象なんて、友達でも、恋人でも、アイドルや芸能人やアニメの推しでも、家族でも、SNSのフォロワーさんでも、テレビのニュースにちょこっと映った名前も知らない誰かに対してでも、きっといいんじゃないかな……と思っている。自分以外の誰かの笑顔や幸せを願うことや、それに伴う行動は、もれなく全部、愛なのだろう。

きっと愛なんて道端の石ころくらいどこにでもあって、それに気づいているか、気づけるか、なのだ。

もし愛に気づけたら、きっと世界はいつもより少しだけ温かくなる。きっといつもより少しだけ大丈夫になる。

たとえ愛を知らずに育っても、愛をもらえなくても、愛かもしれないと思うものをどこかで誰かに与え続けていたら、いつか絶対に返ってくると信じている。

人間いつかは必ず死んでしまう。白いポロポロの骨になって箸で拾われてしまう。どうせただの骨になるのなら、それまでたくさんの愛を人に与えたいと思う。小さな愛にも気づける人になりたいと思う。

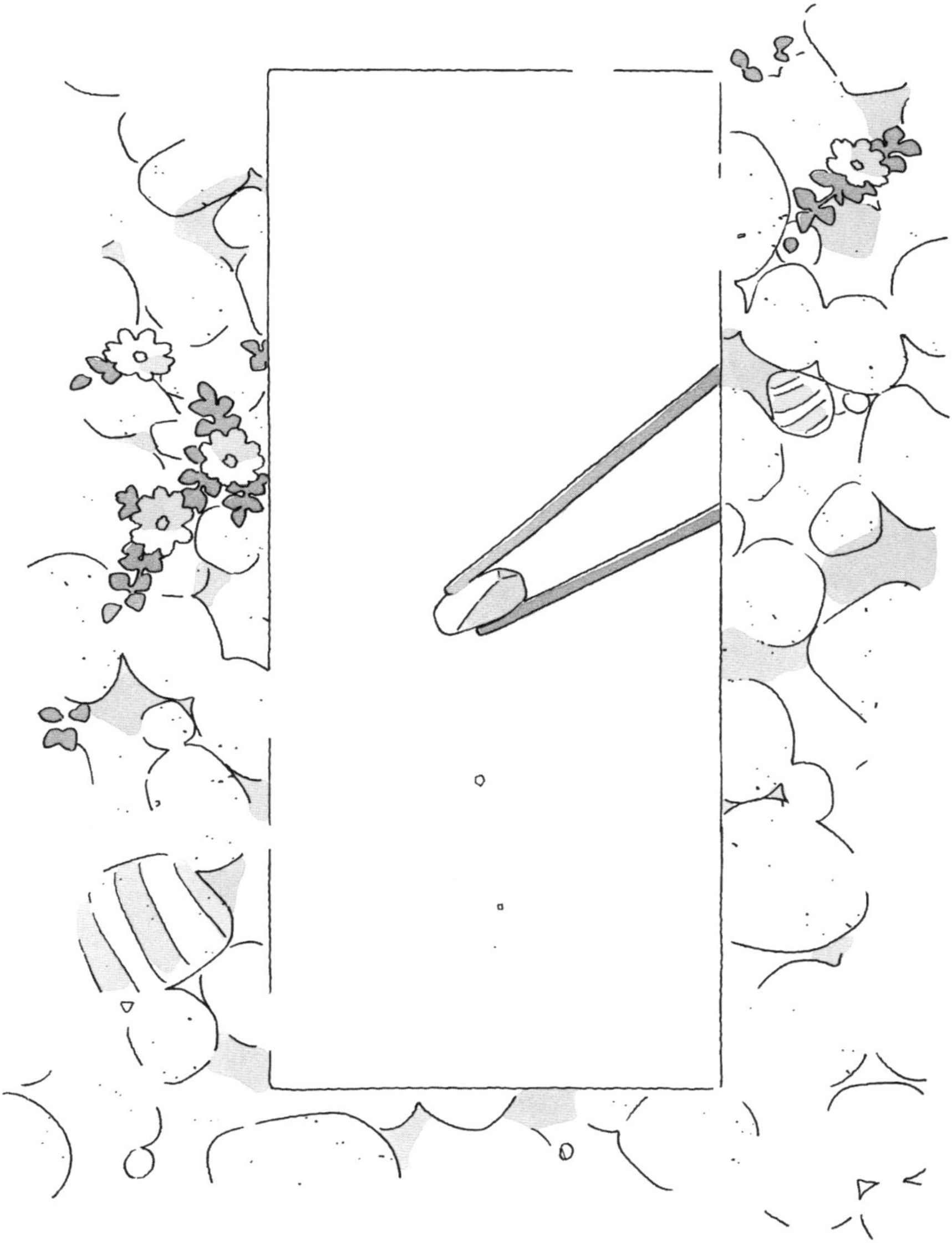

言葉は、ほんの一文字の違いで優しさや温かさに繋がる

〈言葉選びを間違えてしまったかもしれない……〉
〈嫌な気持ちにさせてないかな大丈夫かな……〉

そんな風に、ほぼ毎日一人反省会を開いてしまう。

どうせなら同じように一人反省会を開いてしまう人たちと、アルフォートとかハッピーターンとかカントリーマアムを食べ、生クリームもりもりのココアを飲みながら大反省会ができたらいいのに……。

LINEやDMのメッセージでも、〈!〉の数や、使う絵文字、「が」を「も」に変えるなど、文字を打っては消して打っては消してやっと送れる。とにかく気にしすぎてしまう。

なぜ、ここまで気にしすぎてしまうのか。

きっと、言葉の〝こわさ〟を知っているからだと思う。

言葉によって、人を簡単に傷つけることができてしまうことも、言葉によって、人に癒しや温かくて優しい気持ちを届けられることも、そして圧倒的に後者の方が難しいことも知っている。

そんな気にしすぎてしまう私だからこそ、いい意味でも、悪い意味でも、人の言葉に敏感だ。

言われて嫌だった言葉や悲しかった言葉なんて数えきれないほどあるけれど、そんな言葉をわざわざ書くよりも、言われて嬉しかった言葉や素敵だと思った言葉を書きたいと思う。

・「頑張る」→「頑張れる」

前に好きだった人が、よく使う言葉だった。「お仕事頑張って！」と送ったら必ず「ありがとう！　頑張れる！」と返ってきた。この「れ」の力は絶大だ。このたった一文字の「れ」に、〈貴方に応援してもらえたから頑張れる！〉の意味が込められている。

応援した側にとって、これ以上に嬉しいことはない。それから私も誰かに「頑張って」と言ってもらえた時には、「ありがとう！　頑張れる！」と言うようになった。

・「猫飼ってる」→「猫と暮らしてる」

飲み会で出会った、ダボッとした紺のニットを着た男性が言っていた。動物を飼うという概念ではなく、家族として一緒に暮らすという認識なのがとても素敵だと思った。

・「どこでもいい」↓「どこでも楽しい」

これは私の友達の言葉で、遊ぶ場所を決める時に「何しようか！」と言うと、「ほうじ茶と一緒ならどこでも楽しい！」と言ってくれる。そんなことを言われたら、嬉しくて困ってしまう。私も同じ気持ちだ。

・「背がでかい」↓「背が高い」

私は身長が１７０㎝ある。保育園の頃から列の一番後ろで、とてもコンプレックスだった。大人になってからもヒールはあまり履かないようにしていた。これまでの人生で一番言われた言葉はきっと身長にまつわる言葉だ。「背がでかい」と言われるよりも、「背が高い」と言ってもらえる方が、気にしないですむ。

・「マックとか吉牛でいい」→「マックとか吉牛もすき！」

北千住の大戸屋で一人ご飯を食べている時に、隣の席に座っていた女の子二人組から聞こえてきた会話だ。

「でいい」は妥協のように感じてしまうけれど、「で」を「も」に、「いい」を「すき」に変えるだけでなんだか河原の石くらいすべすべで丸くなる気がする。

・「楽しみ！」→「楽しみできた！」

これも私の友達の言葉で、遊びの約束をした後に送ってくれる。「楽しみ」に、たった3文字の「できた」が足されただけで、嬉しい気持ちが倍増する。魔法みたいな3文字だと思う。

言葉は難しいので、誰かを傷つけてしまうこともあるけれど、ほんの一文字変えるだけで優しさや温かさに繋がったりもする。すごいな言葉。

〈好き〉は、鎧であり盾であり武器でもあると思う。

月曜日の朝、駅や電車の中で視界に入ってくる人を見ると、透明のスマホケースにアイドルのチェキを入れていたり、リュックにアニメキャラのキーホルダーをつけていたり、たまたま見えたロック画面が子どもとの写真だったり、みんなそれぞれの〈好き〉があって、その〈好き〉を身につけながら、日々戦っているのかもしれないなと思った……。

そんな私も、鍵に好きなバンドのキーホルダーをつけ、鏡には『ひらやすみ』5巻購入特典シールを貼り、定期入れに『時をかける少女』の映画の半券を挟み、

『女の園の星』の星先生のクリアファイルに書類を入れている。たくさんの〈好き〉を身につけている。

目に見えるものやわかりやすい〈好き〉ではないとしても、お気に入りのワンピースを着ているかもしれないし、好きなコスメでお化粧しているかもしれない、好きな人と同じ香水を身に纏っているかもしれないし、初めてのボーナスで一目惚れして買った鞄をずっと大切に使っているかもしれない、恋人にもらったプレゼントかもしれないし、ヘッドホンで大好きな曲を聴いているかもしれない……

〈好き〉は、鎧であり盾であり武器でもあると思う。身につけているとなんだか自分がとても強くなれた気がしたり、ちょっと頑張れる気がしたり、とても尊いもののように思えることができたり、全ての事象から守ってもらえる気がしたり、何か嫌なことがあっても大丈夫な気がする。ありがたい。本当に本当にありがたい。

社会人になるお祝いとして、太陽と月が交互に文字盤に出てくる腕時計を母親がプレゼントしてくれた。それまで腕時計をつけたことがなかったので、人生で初めての腕時計だった。

残業中や電車の中で、何度も何度も腕時計を見た。見るたびに、〈あとちょっと頑張ろう〉と思えた。

アイドルをしている友達のデビューライブに行った。ステージ上の友達はキラキラと輝いていた。ファンの方の瞳も同じくらいキラキラ輝いていた。ファンに声を出させ、ペンラを振らせ、ジャンプさせる力を、アイドルは持っている。

このライブのために本人たちがどれだけ練習したか、どれだけの人が協力しているか、運営側の苦労や大変さももちろんのこと、ファンの方も毎日いろいろあったと思う。仕事で嫌なことがあったり、人間関係で揉めたりしたかもしれない……でもライブがあるから、楽しみがあるからどんな日々も乗り越えて頑張れたんじゃないかな……と勝手に想像するなどした。

友達のメンカラである緑色のペンラを持っている人全員に〈これからも何卒よ

ろしくお願いします！〉を伝えたくなった。

〈好き〉の対象や身につけているものが違っても、何かを誰かを〈好き〉という気持ちの根っこはみんなきっと同じだと思う。

きっと一つも無駄なものなんてない

人生において無駄なことなんてきっと一つもないんじゃないかな……と思っている。

何か一つでも無駄だと思ってしまったら、いつか必ず白い骨になるのに、日々生きている自分がなんなのかわからなくなってしまう……。

だから無駄なんて思わないし、思ってあげない。

辞めてしまった習い事も、バイトの面接に落ちたことも、ほくろを20個くらい取ったことも、脱毛に通ったことも（途中でサロンは倒産してしまったけれど）、ココカラファインのクーポンのためにルーレットをコツコツ回すことも、ココスのカリカリポテトを食べながら話す他愛のない話も、更新し続けるＳＮＳも、付き合ったり別れたりしたことも、もれなく一つも無駄ではないと思う。

みんなどうせいつかただの白い骨になるのだから、それまで自分の好きな服を着ようよ、好きな化粧をしようよ、好きな顔になろうよ、好きなものを食べて、好きなことして、好きなように生きていようよ。

もちろん犯罪はだめだし、悪意を持って人を傷つけること以外で。

世界がいつも優しくないことも、いい人ばかりじゃないこともわかっているし、どうしたってわかり合えない人もいる。

たとえば、人の容姿を蔑んだり、触れてほしくない過去の傷に塩をグリグリ塗ってきたり、家庭環境のことに土足で踏み込んできたり、無自覚にコンプレックスを与えてきたり、人の〈好き〉を知ろうともせず否定したりしてくるような、そんな人に何か言われたとしても絶対、絶対、聞かなくていいと思うんだ。

気にしてしまうかもしれないけれど、たまに思い出してシュンとなってしまうかもしれないけれど、自分の中の〈好き〉を何よりも大事に、泥団子を磨く時くらい慎重に丁寧に扱っていけたらいいのだと思う……。

リップやアイシャドーなどのコスメを何個持っていてもいいと思うし、カードゲームだって何枚集めてもいいと思う。推しとのチェキは何回撮ってもいいと思うし、漫画や本だって何冊買ってもいいと思う。

働いて稼いだお金で、日々生きるための活力を得ているのだから。生きていくための必要経費だったのだから。

自分にとって無駄じゃないと思えたのなら、それは絶対に無駄ではない。

〈ちょっと無駄だったかも……〉と後悔してしまうことでも、気づいていないだけで何か得られていたり、その経験や趣味があったからこそ出会えた人がいたり、今後の人生で役立つ場面が訪れるかもしれないし……。

いつかちょっと丁寧な暮らしを…

丁寧な暮らしをしている方にとても憧れる。

いつからかわからないけれど、SNSで〈丁寧な暮らし〉というハッシュタグを見かけるようになった。

整理整頓された綺麗な部屋、季節に合ったお花を可愛い花瓶に飾ったり、お気に入りのコーヒー豆を挽いたり、檸檬を自家製シロップで漬けたり、ゆっくりじっくり本を読んだりする……そんな方々の投稿にやっぱりとても憧れる。

一方私はというと……電気の壊れた薄暗い狭い部屋に畳めていない洗濯物が海

のようにフローリングに広がり、シンクに置き去りにされた食器たちは山のように盛られている、海とか山とか自然のものでたとえるとなんだか壮大で美しい感じがするけれど、実際にはただただ汚い。

ZOZOTOWNのツケ払いで買った服は段ボールに入ったまま玄関に置かれているし、冷蔵庫の中にはほぼ調味料しか入っていない。自炊をしていた時期もあるが、食材を上手に使いきれず色が変わったブロッコリーや芽の生えたじゃがいもを生み出してしまうのでいつからかしなくなってしまった。

私の想像していた社会人の朝は、優雅にカリカリのクロワッサンや色とりどりのフルーツを食べ、カフェラテ片手にスマホでニュースを読み、洋楽を聴きながら出社するというものだ。

私の実際の朝は……毎日ギリギリまで寝て、熱湯に水道水をちょっぴり入れた形ばかりの白湯を飲んで、駅までバタバタと走り、自分で作った〈仕事が嫌すぎる朝に聴く〈プレイリスト〉を電車の中で聴きながら出社している。
朝ご飯という概念はもはや消えたし、そもそも果物は高いのであまり買えない。

私が友達だけのインスタアカウントでたまに載せる部屋や小物、料理の写真は、一時的にテーブルの上を綺麗にして汚いところは映さない画角に必死に調整したり、白いワンピースを下に敷いて物撮りしたり、瞬間的に料理をしたい衝動に駆られてしただけなので、ほとんど奇跡のようなものだ。

〈部屋に花を飾ると、部屋を綺麗に保てる〉と聞いて、花を飾っていた時期もあるが、花の周りだけを綺麗にするばかりで、まるで結界が張られた魔法陣のようになってしまった。

理想とは大きくかけ離れてしまっている。
でもこれが、私の今の精いっぱいの暮らしだ。

カップ麺の蓋をお皿にしちゃう人とか、500円玉貯金を始めて2日目でやめちゃう人とか、紅茶のティーバッグをもったいないから2回くらい使っちゃう人とか、ケーキの周りのフィルムについた生クリームを丁寧にフォークで取る人とか、冷蔵庫を足でひょいっと閉めちゃう人とか、休日夕方頃に起きて後悔しながら急いで休日を取り戻そうとする人とか、個人的にはとても好き。

丁寧な暮らしではないかもしれないけれど、人間らしくてとっても好きだ。

もしかしたら丁寧な暮らしをしている人たちも、SNSに投稿していないところではちょっとおちゃめなことをしているかもしれない……親近感溢れるかもしれない……。

いつか、今よりちょっと大きなお部屋に住んで、値段を気にせず果物を買ったり、編み物を趣味にしたり、白いモフモフの犬と一緒に暮らしたりしてみたい。ちょっと丁寧な暮らしをしてみたい。

続かないかもしれないけれど、それもまた人間……ということで。

本棚はその人自身を表すらしい…

本棚はその人自身を表すと、どこかで聞いたことがある。

私の実家の本棚には、ひっくり返したおもちゃ箱のようにいろいろなジャンルの漫画や本が並んでいる。

そして漫画や本の前には、マトリョーシカ、アンモナイトのレプリカ、セーラームーンのステッキ、シャボン玉、スノードーム、キノコの模型、メリーゴーラウンド型のオルゴール、貝殻、ミニチュアの牛や木、お寿司の食品サンプル……という具合に私にとってはどれも宝物だが母や妹からは〈ガラクタ〉と言われてしまう品々がズラーッと並んでいる。

一人暮らしの本棚は、あまりにも小さい。ホームセンターで買ったテレビ台の下のスペースだ。とはいえそんなスペースに収まるわけもなく、ニトリで買ったプラスチックの箱を8つ縦に積み重ねて収納している。

「紙の本は場所を取ってしまうから電子にすればいいのに!」とアドバイスをいただくこともある。電子書籍もとっても便利だし買うこともあるけれど、私はやっぱり紙がいい。

自分の手の中にしっかりと存在していることを感じられる重さ、本の匂い、1ページ1ページしっかりと自分の意志でめくっていく動作、栞を挟めばいつでもやめられるし始められる。本によって使われている表紙や紙の素材が違うのも好きだ。

3年に1回くらい収まりきらない本たちをダンボール3箱分詰め、実家へと送っている。

私と、私の母親は好きな本の系統が全く異なる。母の好きな本は私には少しだけ難しい……。

母は、実家へ送った本たちをたまに読んでは「面白かった」「読んで良かった」と連絡をくれる。

会社の偉い人とオンラインで打ち合わせをしている時、その方の背後にチラッと本棚が見えた。良くないことだとは思いつつ本棚を凝視していたら、村上春樹さんの本が何冊かかぶって置かれていた。

〈間違って2冊買っちゃう時あるよなあ〉と思っていたが、後日直接話を聞いてみたら、片方は奥さんの本だったらしい。

元々持っている本が同じで、結婚してから本棚をがっちゃんこした時にかぶっている本が何冊もあることに気づいたらしい……。

なんだかとても素敵だと思った。

いつか一人で今よりもう少し大きな家に住めるようになったら、壁一面を本棚にしたい。赤や黄色や緑や青の本を虹のように並べたい。溶けかかったアイスを食べながら〈今日は何を読もうかな〜〉と吟味したい。

いつか誰かと一緒に住むことになったら、本棚だけの部屋を作りたい。片側が私の本で、もう片側はその人の本を並べたい。

もし子どもができたら、どちらの本棚の方が好きか聞いたりしてみたい。みんなでたくさん読むうちに、棚の配置の決まりなんてなくなるくらい、混ざればいいなと思う。

いつかこの世を去る前に本棚の整理をすることができたなら、元彼に借りたままの漫画や喧嘩別れした友達に借りたままのホラー小説をお返ししたい。今さら遅いかもしれないけど、ただの自己満足かもしれないけど……。

でも、私が誰かに貸したままの漫画や本はどうかそのまま持っていてほしいな……と思う。

この本も、お店の本棚、お家の本棚、学校の図書室や図書館の本棚、耳鼻科や歯医者の待合室にある本棚、いろいろな本棚に並ぶ本たちの仲間に入れてもらえたら嬉しい。

〈好きになっちゃだめだ〉はもう好きだし

〈好きなのやめなきゃ〉はもうだいぶ好きなので、

一旦抗うのやめてとことん好きになった後で

考えた方がいいです、きっと。

誰かを泣くほど好きになれたの

すごいと思う。

本当に本当にすごいと思う。

大切にされたいくせに、

大切にされると怖くなってしまうし、

優しくされたいのに、

優しくされると泣きたくなってしまう。

付き合いたいとか、結婚したいとか、

そんな贅沢なこと望まないから、

心の底から人を好きになりたい。

会うために服を買ったり、

その人が好きだと言った本を読んだり、

普段観ない映画を観たり、

反応してくれそうなストーリーをあげたり、

夜眠れない時に電話して

くだらない話を寝るまでしたい。

したい…

Epilogue

日々生きていくのは思っていたよりも大変で、私は文章を書くことで自分の感情や考えの整理をしていた。ちょっと綺麗に言い過ぎたかもしれない……感情や考えを吐きだしていた。ぶつけていた。

マイナスな感情の時ほど、文字量が増えていった。

取り留めのない文章を投稿するにつれて、フォローしてくださる方も増えていった。正直、不思議だった。

〈なんで読んでくれるんだろう……〉

〈楽しみや好きという言葉を送ってくださるのだろう……〉と思っていた。

さらには私の文章を読んで、

〈ほうじ茶さんの文章を読んでもう少し生きてみようと思いました。〉

〈毎日、救われています。〉

そんな風に言っていただけることもあった。

読んでくださる方の存在に、応援してくださる方の存在に、私の方が救われていた。

生きてていいのだと思わせてくれた。

いつしか会ったこともない、名前も知らない、優しくて温かいフォロワーさんたちに恩返しをしたいと考えるようになった。それが、紙の本を出すという夢になった。

私の夢が、私だけの夢じゃなくなった。

もう！　それは頑張るしかないじゃないか……!!　と思いながら投稿を続けていたら、出版社の方に見つけていただけた。

この世界は優しい人ほど傷つくし、損をするし、生きづらいのだと思う。

ただ、間違いなくその優しさに救われている人がいる。その優しさのおかげで生きられている人がいる。その優しさに触れて日々を頑張れている人がいる。


どこかでちょっとずつ傷ついてる　やさしいみんなへ

いつも本当にありがとうね。

優しさは強さだと思うんだ。

これまでにできた傷は、治るのに時間がかかってしまうかもしれないけれど、跡になって残ってしまうかもしれないけれど、どうかこれ以上傷が増えませんように……。

優しさを搾取してくるような人からは少し距離を取ってみてもいいと思うし、たまにはその優しさを自分自身に向けられますように……。

どこかで生きるから、どこかで生きててね。

見つけてくれてありがとう。

みんなへ

今日の夜は今日しかないので、
もし会いたい人がいるのなら連絡してみてもいいと思うし、
もしコンビニで食べたいものがあるのなら
買いに行ってみてもいいと思うし、
もしお風呂に入りたくなかったら入らなくてもいいと思う～
好きなように過ごそうね～

ほうじ茶より

著者：ほうじ茶

社会人 x 年目のOL。

広告代理店で勤務する傍ら、XやInstagramで日々の思いを綴り、静かに隣にいてくれるような文章が幅広い層の支持を得る。

生きづらさに寄り添ったり、しんどい毎日でも少しだけ前を向いていけるようになったりする出来事や空想を綴った投稿が多く、「画面の向こうの友人として、だれかの力になれたらいい」と思いながら投稿を続けている。

繊細だが大ざっぱなところもあり、部屋の片づけは大半の人が苦手なものだと思っている。

好きな飲み物はコーラとほうじ茶。

好きな過ごし方は、部屋の中で雨の音を聞くこと、ガチャガチャを回すこと、地球と平行になって眠ること、純喫茶でクリームソーダのアイスとソーダの境目のシャリシャリ部分を食べること。
X　@tomizawa1217
Instagram　@tomizawa1217

イラスト：植田たてり

東京都生まれ。桑沢デザイン研究所卒業後、イラストレーターとして活動を開始。

ずっと忘れたくない、日常のなかにある美しい一瞬を切り取ったような作品や、時には存在し得るかもしれない空想の世界まで描く。

そよぐ風や水のきらめき、静謐さ、空気の温度まで感じさせる作風で、小説、児童書、資格書などの装画を多く手掛けている。

X　@ue_tateri
Instagram　@ueda_tt

STAFF

装丁・本文デザイン：chichols
DTP：フォレスト
校正：文字工房燦光

どこかでちょっとずつ傷《きず》ついてる　やさしいみんなへ

2024年10月２日　初版発行
2025年３月10日　５版発行

著者／ほうじ茶《ちゃ》
イラスト／植田《うえだ》　たてり
発行者／山下　直久
発行／株式会社KADOKAWA
〒102-8177　東京都千代田区富士見2-13-3
電話　0570-002-301（ナビダイヤル）

印刷所／大日本印刷株式会社

製本所／大日本印刷株式会社

●お問い合わせ
https://www.kadokawa.co.jp/（「お問い合わせ」へお進みください）
※内容によっては、お答えできない場合があります。
※サポートは日本国内のみとさせていただきます。
※Japanese text only

定価はカバーに表示してあります。

ISBN 978-4-04-606980-1　C0095